Moritz Morawitz

Die Strassen und Eisenbahncurve. Eine Sammlung neuester Tabellen zum Behufe des Bogenaussteckens, etc

Antigonos

Moritz Morawitz

Die Strassen und Eisenbahncurve. Eine Sammlung neuester Tabellen zum Behufe des Bogenaussteckens, etc

Unveränderter Nachdruck der Originalausgabe von 1869.

1. Auflage 2024 | ISBN: 978-3-38636-819-3

Antigonos Verlag ist ein Imprint der Outlook Verlagsgesellschaft mbH.

Verlag: Outlook Verlag GmbH, Zeilweg 44, 60439 Frankfurt, Deutschland, info@outlook-verlag.de
Vertretungsberechtigt: E. Roepke, Zeilweg 44, 60439 Frankfurt, Deutschland
Druck: Libri Plureos GmbH, Friedensallee 273, 22763 Hamburg, Deutschland

Die
Strassen- und Eisenbahn-Curve.

Formeln und Tabellen

zum Behufe des Bogenaussteckens nach einer schnellen, in allen Fällen namentlich im coupirten Terrain und bei Gebirgsbahnen praktisch anzuwendenden Methode.

Von

Moritz Morawitz,

Eisenbahn-Inspector.

Zweite Auflage.

Wien, Pest, Leipzig.

A. Hartleben's Verlag.

1869.

Die

Strassen- und Eisenbahn-Curve.

Formeln und Tabellen

zum Behufe des Bogenaussteckens nach einer schnellen, in allen
Fällen namentlich im coupirten Terrain und bei Gebirgsbahnen
praktisch anzuwendenden Methode.

Von

Moritz Morawitz,

Eisenbahn-Inspector.

Zweite Auflage.

Wien, Pest, Leipzig.

A. Hartleben's Verlag.

1869.

Vorwort
zur zweiten Auflage.

Zur Herausgabe der ersten Auflage dieses Werkchens gab der Umstand Veranlassung, dass in den bis dahin erschienenen Werken und Handbüchern über das Ausstecken von Strassen- und Eisenbahn-Curven, die hier behandelte Methode desselben entweder ganz übergangen oder nur ihrem Wesen nach berührt wurde.

Und doch ist diese Methode sehr einfach und praktisch, in allen Fällen ausreichend, in den meisten Fällen sogar am wenigsten zeitraubend und noch dahin wesentlich vortheilhaft, dass sie die grösstmöglichste Genauigkeit bietet, da diese am Felde selbst, lediglich nur mehr von der Präcision des mit hinreichender Elevation und eingetheiltem Horizontalkreis versehenen Nivellir-Instrumentes abhängig ist.

Als ein weiterer Vortheil verdient noch hervorgehoben zu werden, dass es mit Hilfe der hier vorliegenden für jede Masseinheit geltenden Tabellen, — entgegen jenen für anderartige Methoden, welche die einzelnen Bogen-

punkte nur in durchaus gleichen Entfernungen angeben —
ermöglicht ist, die einzelnen Curvenpunkte in beliebigen
und dem Terrain entsprechenden Entfernungen, unmittel-
bar durch Einvisiren mit dem Instrumente zu erhalten.

Der entsprechend rasche Absatz der ersten Auflage
dieses Werkchens mag als Beweis dienen, dass die hier
erwähnten und übergangenen Vortheile dieser Methode,
vielseitige Würdigung fanden.

Möge sich denn auch diese wiederholte Ausgabe
gleich günstiger Aufnahme erfreuen.

Inhalt.

I.

Einleitende Gebrauchsanweisung.

Die hier behandelte Methode: das Ausstecken von Kreisbögen mit einem Winkelinstrumente, setzt — wie das Curvenausstecken überhaupt — die genau fixirte Lage der den Bogen begränzenden Tangenten, sowie die genaue Bestimmung der beiden Endpunkte des Bogens, voraus. (Siehe II.)

Um nun mit Zuhilfenahme der folgenden Tabellen einen Bogen von gegebenem Radius auszustecken, stellt man das Winkel-instrument über den Anfangspunkt A des Bogens, und trägt an die Tangente AT — je nach der Richtung der Curve: rechts oder links — jenen Winkel S A T aus der Tabelle auf, welcher dem angegebenen Halbmesser A C und der beliebig gewählten Sehne A S entspricht; für ei-

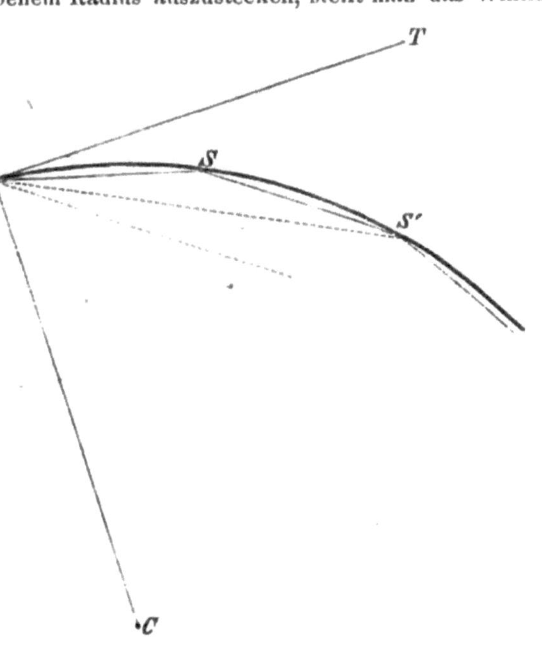

nen weiteren Bogenpunkt S′ gilt der von den Tabellen zu ent-
nehmende Winkel T A S′, der Summe aus A S und S S′ entsprechend
— wie überhaupt für jeden folgenden Punkt $S_n + 1$ zu dem Winkel
T A S_n blos jener Werth aus den Tabellen hinzugegeben zu werden
braucht, welcher der letzten Sehne $S_n S_n + 1 = a$ entspricht.

Bei Bögen von grösserer Ausdehnung ist es jedoch zur Er-
zielung einer grösseren Genauigkeit vortheilhaft, denselben wenig-
stens von beiden Endpunkten theilweise auszustecken.

Hindern jedoch örtliche Verhältnisse die Aussteckung des ganzen
Bogens von dem einen, oder selbst von den beiden Endpunkten, und
bedingen selbe die Fortsetzung dieser Arbeit von einem nach früher
beschriebener Art schon bestimmten Punkte S_n des Bogens, so wird

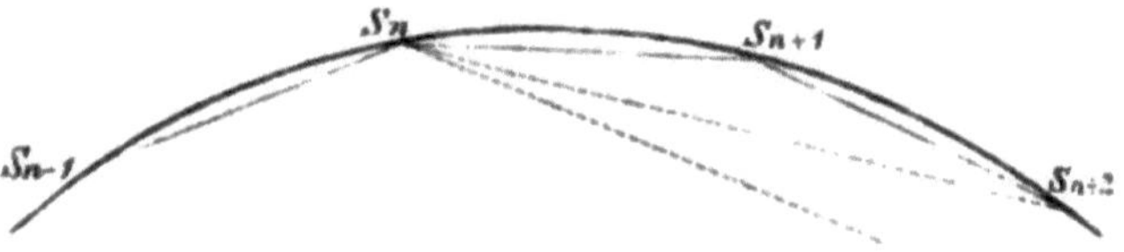

das Winkelinstrument über letzteren aufgestellt, und der Winkel
$S_{n-1} S_n S_{n+1} = 180 - 2\omega$ gemacht, wobei der $\measuredangle$ ω der Sehne
$S_{n-1} S_n = S S_{n+1}$ entspricht, und es wird sonach jeder folgende
Punkt $S_{n+2}, S_{n+3} \ldots$ erhalten, wenn man eben so wie früher
an $S_n S_{n+1}$ die den gewählten Sehnen entsprechenden Winkel aus
der Tabelle ansetzt.

Ein Beispiel möge das Vorhergesagte erläutern:

Es sei ein Kreisbogen, dem Halbmesser von 250 irgend einer
Masseinheit entsprechend, von einem seiner Anfangspunkte auszustecken. Nach-
dem das Winkel-
instrument über
diesen Punkt A
horizontal ge-
stellt, und das
Fernrohr, oder
vielmehr seine
Visirachse ge-
nau in die Rich-

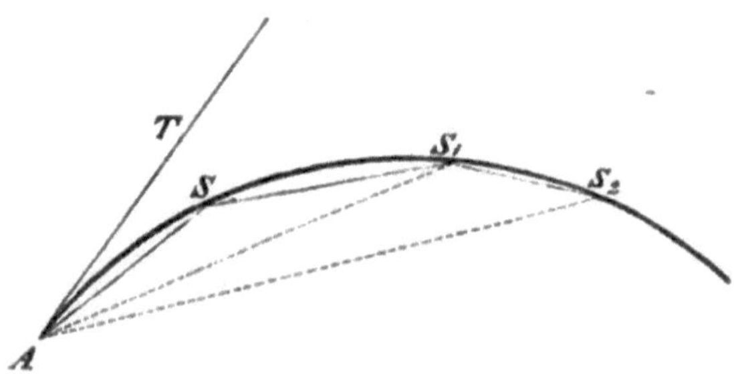

tung der diesen Punkt tangirenden Geraden A T gerichtet ist, zeige die Ablesung am Horizontalkreise . . . . . . $56^0 - 24' - 0''$,

für die erste Sehne z. B. $AS = 10$ derselben Masseinheit entspricht nach der Tabelle der Winkel $1^0 - 8' - 46''$

zusammen: $57^0 - 32' - 46''$;

es ist sonach der Nonius des Horizontalkreises
auf $57^0 - 32' - 46''$ fest zu stellen, und ein
Tracirstab am Ende obiger Sehne in diese Visur
einzurichten, welcher so erhaltene Punkt, der
erste des Bogens ist.

Für die nächste Sehne SS_1 z. B. $= 8\cdot4$
entsprechen die Winkel

für $8\cdot0$ . . . . . $0^0 - 55' - 1''$

und für $0\cdot4$ . . . . . $0 - 2 - 45$

welche zu der letzten Ablesung . . . . $57 - 32 - 46$

addirt, die einzustellende Visur TAS_1 von: $58^0 - 30' - 32''$
für den zweiten Bogenpunkt geben.

Für eine weitere Sehne $S_1 S_2$ von $6\cdot7$
Länge entsprechen die Winkel . . . . $0 - 41 - 15$

und $0 - 4 - 49$

demnach TAS_2 . . . . zusammen: $59^0 - 16' - 36''$

für eine weitere $S_2 S_3 = 11\cdot0$, aus der Tabelle $1 - 8 - 46$

und $0 - 6 - 52$

mithin TAS_3 . . . . zusammen: $60^0 - 32' - 14''$

für eine weitere $S_3 S_4 = 10$ . . . . $1 - 8 - 45$

wird TAS_4 . . . . $61^0 - 40' - 59''$

Hier trete nun der früher erwähnte Fall ein, dass z. B. ein

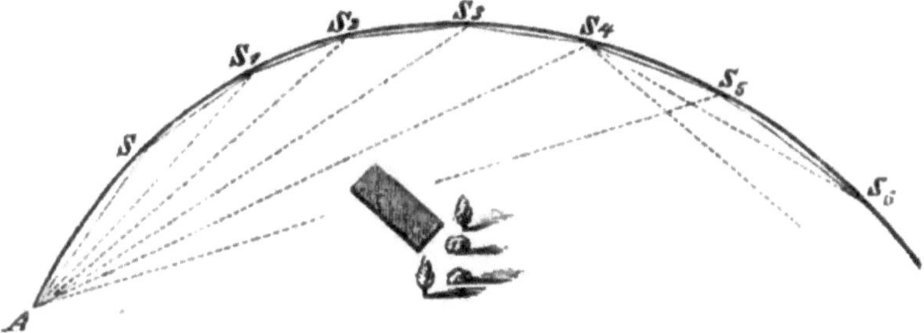

in der nächsten Visirlinie AS_5 stehendes Gebäude ein fortgesetztes
Ausstecken vom Anfangspunkt A nicht zulässig macht, und mithin
die Fortsetzung von S_4 zu geschehen hat.

Anmerkung. (Bevor nun das Instrument auf jenen Punkt S_4 übertragen wird, kann noch mittelst der Tabellen eine Controlle obiger Summation Statt finden.

Die Summe der Sehnen beträgt

$$
\begin{aligned}
A \; S &= 10{\cdot}0 \\
S \; S_1 &= 8.4 \, . \\
S_1 \; S_2 &= 6.7 \\
S_2 \; S_3 &= 11{\cdot}0 \\
S_3 \; S_4 &= 10.0 \\
\hline
\text{zusammen:} \; & 46{\cdot}1
\end{aligned}
$$

die Ablesung in der Richtung der Tangente war . $56^0 - 24' - 0''$
aus den Tabellen entsprechen für den angenommenen Radius von 250 und der summarischen Sehnenlänge von $46{\cdot}1$

$$
\begin{aligned}
\text{für } 40{\cdot}0 &\quad \ldots \ldots \ldots \quad 4 - 35 - 3 \\
" \quad 6{\cdot}0 &\quad \ldots \ldots \ldots \quad 0 - 41 - 15 \\
" \quad 0{\cdot}1 &\quad \ldots \ldots \ldots \quad 0 - \;\; 0 - 41 \\
\hline
\text{zusammen:} \; & 61^0 - 40' - 59''
\end{aligned}
$$

dem früher erhaltenen Resultate gleichlautend.)

Nachdem nun das Winkelinstrument in S_4 horizontal gestellt und die Visur auf den nächstrückwärtigen Bogenpunkt S_3 gerichtet ist, ergebe sich die Ablesung am Horizontalkreise $18^0 - 32' - 30''$; der Sehne $S_3 \, S_4 = 10$ entspricht für den Radius $= 250$ aus den Tabellen der Winkel

$$\omega = 1^0 - \;\; 8' - 45{\cdot}''6$$
$$\text{sonach } 2\,\omega = 2^0 - 17' - 31{\cdot}''2$$
$$\text{und } 180 - 2\,\omega = \; \ldots \ldots \quad 177^0 - 42' - 28{\cdot}'''8$$

wird nun der Nonius des Horizontalkreises auf die Summe, d. i. auf . . . . $196^0 - 14' - 58{\cdot}'''8$ oder annähernd auf $196^0 - 15'$ gestellt, und von S_4 die Sehne $S_4 \, S_5 = S_3 \, S_4 = 10$ gemessen, der Endpunkt S_5 in diese Visur $S_4 \, S_5$ eingerichtet, so ist der so erhaltene Punkt S_5 ein weiterer, mit den früheren correspondirender Bogenpunkt.

Für eine nächste $S_5 \, S_6$ z. B. $= 13{\cdot}5$ entsprechen die Winkel aus den Tabellen . . . . für $10{\cdot}0 \quad 1^0 - \;\; 8' - 46''$
$$" \quad 3{\cdot}0 \quad 0 - 20 - 38$$
$$" \quad 0{\cdot}5 \quad 0 - \;\; 3 - 26$$

welche zu der früheren Ablesung . . . . $196 - 14 - 59$
addirt, die nächste Visur $S_4 \, S_6$ von . . . . . $197^0 - 47' - 49''$
für den von S_5 $13{\cdot}5$ entfernten Bogenpunkt S_6 geben u. s. w.

II.

Formeln.

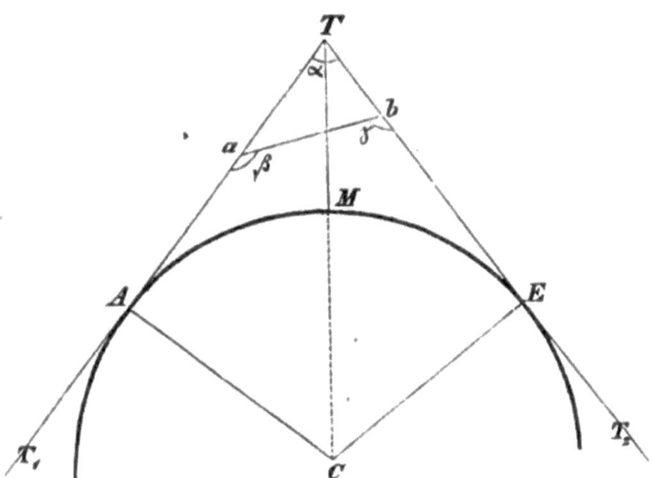

Sind TT_1 und TT_2 zwei sich in T schneidende Geraden, und soll
zwischen selbe eine, beide Geraden tangirende Kreiscurve gelegt
werden, so ist hiezu die Bestimmung von Factoren — unter gleich-
zeitiger Voraussetzung anderer — nöthig, welche durch Substituirung
der jeweiligen Werthe in den nachfolgenden Formeln erhalten werden.
In selben bezeichnet:

    α: den Winkelpunkt, d. i. die Grösse des Winkels, unter wel-
        chem sich oberwähnte 2 Geraden schneiden;

    r: den Halbmesser, welchem die einzulegende Kreiscurve ent-
        spricht, (in obiger Figur AC und EC.);

    t: die Tangente, d. i. die Länge des Geradenstückes zwischen
        dem einen Endpunkte des Bogens und dem Winkelpunkt,
        (AT und TE.);

    d: den Abstand der Bogenmitte vom Winkelpunkte, d. i. die
        normale Entfernung des Bogens vom Durchschnitte der bei-
        den Tangenten (M T);

B. 1: die Länge des einzulegenden Kreisbogens A M E;

$$\pi \doteq \tfrac{22}{7} \doteq \tfrac{333}{106} \doteq \tfrac{355}{113} \doteq 3{\cdot}1416 = 3{\cdot}1415926536.$$

№	Gegeben.	Gesucht.	Formel.
1	r, α,	t	$t = r \cdot \mathrm{tg}\left(90 - \frac{\alpha}{2}\right) = r \cdot \mathrm{cotg.} \frac{\alpha}{2}$;
2	r, d,	t	$t = \sqrt{d\,(d + 2\,r)}$;
3	α, d,	t	$t = d \sqrt{\dfrac{1 + \sin \frac{\alpha}{2}}{1 - \sin \frac{\alpha}{2}}}$;
4	r, α,	d	$d = \dfrac{r\left(1 - \sin \frac{\alpha}{2}\right)}{\sin \frac{\alpha}{2}} = \dfrac{r}{\sin \frac{\alpha}{2}} - r$;
5	r, t,	d	$d = \left(\frac{1}{r}\sqrt{r^2\,t^2}\right) - 1$;
6	t, α,	d	$d = \dfrac{t}{\cos \frac{\alpha}{2}} - t$;
7	r, α,	B. l:	$\mathrm{B.l} = \dfrac{r \cdot \pi\,(180 - \alpha)}{180} = 0{\cdot}0174533 \cdot r \cdot (180 - \alpha)$;
8	t, α,	r	$r = t \cdot \mathrm{tg} \frac{\alpha}{2}$;
9	d, α,	r	$r = \dfrac{d \cdot \sin \frac{\alpha}{2}}{1 - \sin \frac{\alpha}{2}}$;
10	t, d,	r	$r = \dfrac{t^2\,d^2}{2\,d}$;
11	r, t,	α	$\mathrm{tg} \frac{\alpha}{2} = \frac{r}{t}$;
12	t, d,	α	$\sin \frac{\alpha}{2} = \dfrac{t^2\,d^2}{t^2 + d^2}$;
13	r, d,	α	$\sin \frac{\alpha}{2} = \dfrac{r}{r + d}$;
14	ab, β, γ,	a T	$a\,T = \dfrac{ab \sin \gamma}{\sin \alpha}$, wobei $\alpha = \beta + \gamma - 180$
15	ab, β, γ,	b T	$b\,T = \dfrac{ab \sin \beta}{\sin \alpha}$;
16	ab, β, γ, r,	A a	$A\,a = r \cdot \mathrm{cotg} \frac{\alpha}{2} - \dfrac{ab \sin \gamma}{\sin \alpha}$;
17	ab, β, γ, r,	E b	$E\,b = r \cdot \mathrm{cotg} \frac{\alpha}{2} - \dfrac{ab \sin \beta}{\sin \alpha}$;

18. Soll zwischen den beiden Bodenpunkten a und b eines Kreises vom Halbmesser r, ein dritter Punkt c bestimmt werden, so ist sehr annäherungsweise: die Ordinate $c\,d = \dfrac{a\,d \times b\,d}{2r}$

III.

TABELLEN.

R = 50.

a	∠ω 0	′	″
0·1	0	3	26·3
0·2	0	6	52·6
0·3	0	10	18·8
0·4	0	13	45·1
0·5	0	17	11·4
0·6	0	20	37·7
0·7	0	24	4·0
0·8	0	27	30·2
0·9	0	30	56·5
1	0	34	22·8
2	1	8	45·6
3	1	43	8·4
4	2	17	31·2
5	2	51	54·0
6	3	26	16·8
7	4	0	39·6
8	4	35	2·4
9	5	9	25·2
10	5	43	48·0
15	8	35	42·0
20	11	27	36·0
25	14	19	30·0
30	17	11	24·0
35	20	3	18·0
40	22	55	12·0
45	25	47	6·0
50	28	39	0·0

R = 55.

a	∠ω 0	′	″
0·1	0	3	7·5
0·2	0	6	15·1
0·3	0	9	22·6
0·4	0	12	30·1
0·5	0	15	37·6
0·6	0	18	45·2
0·7	0	21	52·7
0·8	0	25	0·2
0·9	0	28	7·8
1	0	31	15·3
2	1	2	30·6
3	1	33	45·8
4	2	5	1·1
5	2	36	16·4
6	3	7	31·6
7	3	38	46·9
8	4	10	2·2
9	4	41	17·5
10	5	12	32·8
15	7	48	49·1
20	10	25	5·5
25	13	1	21·8
30	15	37	38·2
35	18	13	54·5
40	20	50	10·9
45	23	26	27·3
50	26	2	43·6
55	28	39	0·0

R = 60.

a	∠ω 0	′	″
0·1	0	2	51·9
0·2	0	5	43·8
0·3	0	8	35·7
0·4	0	11	27·6
0·5	0	14	19·5
0·6	0	17	11·4
0·7	0	20	3·3
0·8	0	22	55·2
0·9	0	25	47·1
1	0	28	39·0
2	0	57	18·0
3	1	25	57·0
4	1	54	36·0
5	2	23	15·0
6	2	51	54·0
7	3	20	33·0
8	3	49	12·0
9	4	17	51·0
10	4	46	30·0
15	7	9	45·0
20	9	33	0·0
25	11	56	15·0
30	14	19	30·0
35	16	42	45·0
40	19	6	0·0
45	21	29	15·0
50	23	52	30·0
55	26	15	45·0
60	28	39	0·0

R = 65.

a	∡ω 0	′	″
0·1	0	2	38·7
0·2	0	5	17·4
0·3	0	7	56·0
0·4	0	10	34·7
0·5	0	13	13·4
0·6	0	15	52·1
0·7	0	18	30·7
0·8	0	21	9·4
0·9	0	23	48·1
1	0	26	26·8
2	0	52	53·5
3	1	19	20·3
4	1	45	47·1
5	2	12	13·9
6	2	38	40·6
7	3	5	7·4
8	3	31	34·2
9	3	58	1·0
10	4	24	27·7
15	6	36	41·5
20	8	48	55·4
25	11	1	9·2
30	13	13	23·1
35	15	25	36·9
40	17	37	50·8
45	19	50	4·6
50	22	2	18·5
55	24	14	32·3
60	26	26	46·2
65	28	39	0·0

R = 70.

a	∡ω 0	′	″
0·1	0	2	27·3
0·2	0	4	54·7
0·3	0	7	22·0
0·4	0	9	49·4
0·5	0	12	16·7
0·6	0	14	44·1
0·7	0	17	11·4
0·8	0	19	38·7
0·9	0	22	6·1
1	0	24	33·4
2	0	49	6·9
3	1	13	40·3
4	1	38	13·7
5	2	2	47·1
6	2	27	20·6
7	2	51	54·0
8	3	16	27·4
9	3	41	0·9
10	4	5	34·3
15	6	8	21·4
20	8	11	8·6
25	10	13	55·7
30	12	16	42·9
35	14	19	30·0
40	16	22	17·2
45	18	25	4·3
50	20	27	51·4
55	22	30	38·6
60	24	33	25·7
65	26	36	12·9
70	28	39	0·0

R = 75.

a	∡ω 0	′	″
0·1	0	2	17·5
0·2	0	4	35·0
0·3	0	6	52·6
0·4	0	9	10·1
0·5	0	11	27·6
0·6	0	13	45·1
0·7	0	16	2·6
0·8	0	18	20·2
0·9	0	20	37·7
1	0	22	55·2
2	0	45	50·4
3	1	8	45·6
4	1	31	40·8
5	1	54	36·0
6	2	17	31·2
7	2	40	26·4
8	3	3	21·6
9	3	26	16·8
10	3	49	12·0
15	5	43	48·0
20	7	38	24·0
25	9	33	0·0
30	11	27	36·0
35	13	22	12·0
40	15	16	48·0
45	17	11	24·0
50	19	6	0·0
55	21	0	36·0
60	22	55	12·0
65	24	49	48·0
70	26	44	24·0
75	28	39	0·0

R = 80.   R = 85.   R = 90.

a	∢ ω 0	′	″	a	∢ ω 0	′	″	a	∢ ω 0	′	″
0·1	0	2	8·9	0 1	0	2	1·3	0·1	0	1	54·6
0·2	0	4	17·9	0·2	0	4	2·7	0·2	0	3	49·2
0·3	0	6	26·8	0·3	0	6	4·0	0·3	0	5	43·8
0·4	0	8	35·7	0·4	0	8	5·4	0·4	0	7	38·4
0·5	0	10	44·6	0·5	0	10	6·7	0·5	0	9	33·0
0·6	0	12	53·6	0·6	0	12	8·0	0·6	0	11	27·6
0·7	0	15	2·5	0·7	0	14	9·4	0·7	0	13	22·2
0·8	0	17	11·4	0·8	0	16	10·7	0·8	0	15	16·8
0·9	0	19	20·3	0·9	0	18	12·1	0·9	0	17	11·4
1	0	21	29·3	1	0	20	13·4	1	0	19	6·0
2	0	42	58·5	2	0	40	26·8	2	0	38	12·0
3	1	4	27·8	3	1	0	40·2	3	0	57	18·0
4	1	25	57·0	4	1	20	53·6	4	1	16	24·0
5	1	47	26·3	5	1	41	7·1	5	1	35	30·0
6	2	8	55·5	6	2	1	20·5	6	1	54	36·0
7	2	30	24·8	7	2	21	33·9	7	2	13	42·0
8	2	51	54·0	8	2	41	47·3	8	2	32	48·0
9	3	13	23·3	9	3	2	0·7	9	2	51	54·0
10	3	34	52·5	10	3	22	14·1	10	3	11	0·0
15	5	22	18·8	15	5	3	21·2	15	4	46	30·0
20	7	9	45·0	20	6	44	28·3	20	6	22	0·0
25	8	57	11·3	25	8	25	35·4	25	7	57	30·0
30	10	44	37·5	30	10	6	42·4	30	9	33	0·0
35	12	32	3·8	35	11	47	49·5	35	11	8	30·0
40	14	19	30·0	40	13	28	56·5	40	12	44	0·0
45	16	6	56·3	45	15	10	3·6	45	14	19	30·0
50	17	54	22·5	50	16	51	10·6	50	15	55	0·0
55	19	41	48·8	55	18	32	17·7	55	17	30	30·0
60	21	29	15·0	60	20	13	24·8	60	19	6	0·0
65	23	16	41·3	65	21	54	31·8	65	20	41	30·0
70	25	4	7·5	70	23	35	38·9	70	22	17	0·0
75	26	51	33·8	75	25	16	45·9	75	23	52	30·0
80	28	39	0·0	80	26	57	53·0	80	25	28	0·0
				85	28	39	0·0	85	27	3	30·0
								90	28	39	0·0

R = 95.				R = 100.				R = 105.			
a	∠ω °	'	"	a	∠ω °	'	"	a	∠ω °	'	"
0·1	0	1	48.6	0·1	0	1	43·1	0·1	0	1	38·2
0·2	0	3	37·1	0·2	0	3	26·3	0·2	0	3	16·5
0·3	0	5	25·7	0·3	0	5	9·4	0·3	0	4	54·7
0·4	0	7	14·3	0·4	0	6	52·6	0·4	0	6	32·9
0·5	0	9	2·8	0·5	0	8	35·7	0·5	0	8	11·1
0·6	0	10	51·4	0·6	0	10	18·8	0·6	0	9	49·4
0·7	0	12	40·0	0·7	0	12	2·0	0·7	0	11	27·6
0·8	0	14	28·5	0·8	0	13	45·1	0·8	0	13	5·8
0·9	0	16	17·1	0·9	0	15	28·3	0·9	0	14	44·1
1	0	18	5 7	1	0	17	11·4	1	0	16	22·3
2	0	36	11·4	2	0	34	22·8	2	0	32	44·6
3	0	54	17·1	3	0	51	34·2	3	0	49	6·9
4	1	12	22·7	4	1	8	45·6	4	1	5	29·2
5	1	30	28·4	5	1	25	57·0	5	1	21	51·5
6	1	48	34·1	6	1	43	8·4	6	1	38	13·7
7	2	6	39·8	7	2	0	19·8	7	1	54	36·0
8	2	24	45.5	8	2	17	31·2	8	2	10	58·3
9	2	42	51·2	9	2	34	42·6	9	2	27	20·6
10	3	0	56·8	10	2	51	54·0	10	2	43	42·9
15	4	31	25·3	15	4	17	51·0	15	4	5	34·3
20	6	1	53·7	20	5	43	48·0	20	5	27	25·7
25	7	32	22·1	25	7	9	45·0	25	6	49	17·1
30	9	2	50·5	30	8	35	42·0	30	8	11	8·6
35	10	33	18·9	35	10	1	39·0	35	9	33	0·0
40	12	3	47·4	40	11	27	36·0	40	10	54	51·4
45	13	34	15·8	45	12	53	33·0	45	12	16	42·9
50	15	4	44·2	50	14	19	30·0	50	13	38	34·3
55	16	35	12·6	55	15	45	27·0	55	15	0	25·7
60	18	5	41·1	60	17	11	24·0	60	16	22	17·1
65	19	36	9 5	65	18	37	21·0	65	17	44	8·6
70	21	6	37·9	70	20	3	18·0	70	19	6	0·0
75	22	37	6·3	75	21	29	15·0	75	20	27	51·4
80	24	7	34·7	80	22	55	12·0	80	21	49	42·9
85	25	38	3·2	85	24	21	9·0	85	23	11	34·3
90	27	8	31·6	90	25	47	6·0	90	24	33	25·7
95	28	39	0·0	95	27	13	3·0	95	25	55	17·1
				100	28	39	0·0	100	27	17	8·6

R = 110.   R = 115.   R = 120.

a	∢ ω 0	′	″	a	∢ ω 0	′	″	a	∢ ω 0	′	″
0·1	0	1	33·8	0·1	0	1	29·7	0·1	0	1	26·0
0·2	0	3	7·5	0·2	0	2	59·4	0·2	0	2	51·9
0·3	0	4	41·3	0·3	0	4	29·1	0·3	0	4	17·9
0·4	0	6	15·1	0·4	0	5	58·7	0·4	0	5	43·8
0·5	0	7	48·8	0·5	0	7	28·4	0·5	0	7	9·8
0·6	0	9	22·6	0·6	0	8	58·1	0·6	0	8	35·7
0·7	0	10	56·3	0·7	0	10	27·7	0·7	0	10	1·7
0·8	0	12	30·1	0·8	0	11	57·5	0·8	0	11	27·6
0·9	0	14	3·9	0·9	0	13	27·2	0·9	0	12	53·6
1	0	15	37·6	1	0	14	56·9	1	0	14	19·5
2	0	31	15·3	2	0	29	53·7	2	0	28	39·0
3	0	46	52·9	3	0	44	50·6	3	0	42	58·5
4	1	2	30·6	4	0	59	47·5	4	0	57	18·0
5	1	18	8·2	5	1	14	44·4	5	1	11	37·5
6	1	33	45·8	6	1	29	41·2	6	1	25	57·0
7	1	49	23·5	7	1	44	38·1	7	1	40	16·5
8	2	5	1·1	8	1	59	35·0	8	1	54	36·0
9	2	20	38·7	9	2	14	31·8	9	2	8	55·5
10	2	36	16·4	10	2	29	28·7	10	2	23	15·0
15	3	54	24·6	15	3	44	13·1	15	3	34	52·5
20	5	12	32·8	20	4	58	57·4	20	4	46	30·0
25	6	30	40·9	25	6	13	41·8	25	5	58	7·5
30	7	48	49·1	30	7	28	26·1	30	7	9	45·0
35	9	6	57·3	35	8	43	10·5	35	8	21	22·5
40	10	25	5·5	40	9	57	54·8	40	9	33	0·0
45	11	43	13·7	45	11	12	39·2	45	10	44	37·5
50	13	1	21·8	50	12	27	23·5	50	11	56	15·0
55	14	19	30·0	55	13	42	7·9	55	13	7	52·5
60	15	37	38·2	60	14	56	52·2	60	14	19	30·0
65	16	55	46·4	65	16	11	36·6	65	15	31	7·5
70	18	13	54·5	70	17	26	20·9	70	16	42	45·0
75	19	32	2·7	75	18	41	5·3	75	17	54	22·5
80	20	50	10·9	80	19	55	49·6	80	19	6	0·0
85	22	8	19·1	85	21	10	34·0	85	20	17	37·5
90	23	26	27·3	90	22	25	18·3	90	21	29	15·0
95	24	44	35·5	95	23	40	2·7	95	22	40	52·5
100	26	2	43·6	100	24	54	46·9	100	23	52	30·0

R = 125. R = 130. R = 135.

a	∠ω °	'	"	a	∠ω °	'	"	a	∠ω °	'	"
0·1	0	1	22·5	0·1	0	1	19·3	0·1	0	1	16·4
0·2	0	2	45·0	0·2	0	2	38·7	0·2	0	2	32·8
0·3	0	4	7·5	0·3	0	3	58·0	0·3	0	3	49·2
0·4	0	5	30·0	0·4	0	5	17·4	0·4	0	5	5·6
0·5	0	6	52·6	0·5	0	6	36·7	0·5	0	6	22·0
0·6	0	8	15·1	0·6	0	7	56·0	0·6	0	7	38·4
0·7	0	9	37·6	0·7	0	9	15·4	0·7	0	8	54·8
0·8	0	11	0·1	0·8	0	10	34·7	0·8	0	10	11·2
0·9	0	12	22·6	0·9	0	11	54·0	0·9	0	11	27·6
1	0	13	45·1	1	0	13	13·4	1	0	12	44·0
2	0	27	30·2	2	0	26	26·8	2	0	25	28·0
3	0	41	15·4	3	0	39	40·2	3	0	38	12·0
4	0	55	0·5	4	0	52	53·5	4	0	50	56·0
5	1	8	45·6	5	1	6	6·9	5	1	3	40·0
6	1	22	30·7	6	1	19	20·3	6	1	16	24·0
7	1	36	15·8	7	1	32	33·7	7	1	29	8·0
8	1	50	1·0	8	1	45	47·1	8	1	41	52·0
9	2	3	46·1	9	1	59	0·5	9	1	54	36·0
10	2	17	31·2	10	2	12	13·8	10	2	7	20·0
15	3	26	16·8	15	3	18	20·8	15	3	11	0·0
20	4	35	2·4	20	4	24	27·7	20	4	14	40·0
25	5	43	48·0	25	5	30	34·6	25	5	18	20·0
30	6	52	33·6	30	6	36	41·5	30	6	22	0·0
35	8	1	19·2	35	7	42	48·5	35	7	25	40·0
40	9	10	4·8	40	8	48	55·4	40	8	29	20·0
45	10	18	50·4	45	9	55	2·3	45	9	33	0·0
50	11	27	36·0	50	11	1	9·2	50	10	36	40·0
55	12	36	21·6	55	12	7	16·2	55	11	40	20·0
60	13	45	7·2	60	13	13	23·1	60	12	44	0·0
65	14	53	52·8	65	14	19	30·0	65	13	47	40·0
70	16	2	38·4	70	15	25	36·9	70	14	51	20·0
75	17	11	24·0	75	16	31	43·8	75	15	55	0·0
80	18	20	9·6	80	17	37	50·8	80	16	58	40·0
85	19	28	55·2	85	18	43	57·7	85	18	2	20·0
90	20	37	40·8	90	19	50	4·6	90	19	6	0·0
95	21	46	26·4	95	20	56	11·5	95	20	9	40·0
100	22	55	12·0	100	22	2	18·5	100	21	13	20·0

R = 140.   R = 145.   R = 150.

a	$\angle\,\omega$ 0	'	''	a	$\angle\,\omega$ 0	'	''	a	$\angle\,\omega$ 0	'	''
0·1	0	1	13·7	0·1	0	1	11·1	0·1	0	1	8·8
0·2	0	2	27·3	0·2	0	2	22·3	0·2	0	2	17·5
0·3	0	3	41·0	0·3	0	3	33·4	0·3	0	3	26·3
0·4	0	4	54·7	0·4	0	4	44·5	0·4	0	4	35·0
0·5	0	6	8·4	0·5	0	5	55·7	0·5	0	5	43·8
0·6	0	7	22·0	0·6	0	7	6·8	0·6	0	6	52·6
0·7	0	8	35·7	0·7	0	8	17·9	0·7	0	8	1·3
0·8	0	9	49·4	0·8	0	9	29·0	0·8	0	9	10·1
0·9	0	11	3·0	0·9	0	10	40·2	0·9	0	10	18·8
1	0	12	16·7	1	0	11	51·3	1	0	11	27·6
2	0	24	33·4	2	0	23	42·6	2	0	22	55·2
3	0	36	50·1	3	0	35	33·9	3	0	34	22·8
4	0	49	6·9	4	0	47	25·2	4	0	45	50·4
5	1	1	23·6	5	0	59	16·6	5	0	57	18·0
6	1	13	40·3	6	1	11	7·9	6	1	8	45·6
7	1	25	57·0	7	1	22	59·2	7	1	20	13·2
8	1	38	13·7	8	1	34	50·5	8	1	31	40·8
9	1	50	30·4	9	1	46	41·8	9	1	43	8·4
10	2	2	47·1	10	1	58	33·1	10	1	54	36·0
15	3	4	10·7	15	2	57	49·7	15	2	51	54·0
20	4	5	34·3	20	3	57	6·2	20	3	49	12·0
25	5	6	57·9	25	4	56	22·8	25	4	46	30·0
30	6	8	21·4	30	5	55	39·3	30	5	43	48·0
35	7	9	45·0	35	6	54	55·9	35	6	41	6·0
40	8	11	8·6	40	7	54	12·4	40	7	38	24·0
45	9	12	32·1	45	8	53	29·0	45	8	35	42·0
50	10	13	55·7	50	9	52	45·5	50	9	33	0·0
55	11	15	19·3	55	10	52	2·1	55	10	30	18·0
60	12	16	42·9	60	11	51	18·6	60	11	27	36·0
65	13	18	6·4	65	12	50	35·2	65	12	24	54·0
70	14	19	30·0	70	13	49	51·7	70	13	22	12·0
75	15	20	53·6	75	14	49	8·3	75	14	19	30·0
80	16	22	17·2	80	15	48	24·8	80	15	16	48·0
85	17	23	40·7	85	16	47	41·4	85	16	14	6·0
90	18	25	4·3	90	17	46	57·9	90	17	11	24·0
95	19	26	27·9	95	18	46	14·5	95	18	8	42·0
100	20	27	51·4	100	19	45	31·0	100	19	6	0·0

R = 155.   R = 160.   R = 165.

a	∢ ω 0	′	″	a	∢ ω 0	′	″	a	∢ ω 0	′	″
0·1	0	1	6·5	0·1	0	1	4·5	0·1	0	1	2·5
0·2	0	2	13·1	0·2	0	2	8·9	0·2	0	2	5·0
0·3	0	3	19·6	0·3	0	3	13·4	0·3	0	3	7·5
0·4	0	4	26·2	0·4	0	4	17·9	0·4	0	4	10·0
0·5	0	5	32·7	0·5	0	5	22·3	0·5	0	5	12·5
0·6	0	6	39·3	0·6	0	6	26·8	0·6	0	6	15·1
0·7	0	7	45·8	0·7	0	7	31·2	0·7	0	7	17·6
0·8	0	8	52·3	0·8	0	8	35·7	0·8	0	8	20·1
0·9	0	9	58·9	0·9	0	9	40·2	0·9	0	9	22·6
1	0	11	5·4	1	0	10	44·6	1	0	10	25·1
2	0	22	10·8	2	0	21	29·3	2	0	20	50·2
3	0	33	16·3	3	0	32	13·9	3	0	31	15·3
4	0	44	21·8	4	0	42	58·5	4	0	41	40·4
5	0	55	27·1	5	0	53	43·1	5	0	52	5·5
6	1	6	32·5	6	1	4	27·8	6	1	2	30·5
7	1	17	37·9	7	1	15	12·4	7	1	12	55·6
8	1	28	43·4	8	1	25	57·0	8	1	23	20·7
9	1	39	48·8	9	1	36	41·6	9	1	33	45·8
10	1	50	54·2	10	1	47	26·3	10	1	44	10·9
15	2	46	21·3	15	2	41	9·4	15	2	36	16·4
20	3	41	48·4	20	3	34	52·5	20	3	28	21·8
25	4	37	15·5	25	4	28	35·6	25	4	20	27·3
30	5	32	42·6	30	5	22	18·8	30	5	12	32·7
35	6	28	9·7	35	6	16	1·9	35	6	4	38·2
40	7	23	36·8	40	7	9	45·0	40	6	56	43·6
45	8	19	3·9	45	8	3	28·1	45	7	48	49·1
50	9	14	31·0	50	8	57	11·3	50	8	40	54·6
55	10	9	58·1	55	9	50	54·4	55	9	33	0·0
60	11	5	25·2	60	10	44	37·5	60	10	25	5·5
65	12	0	52·2	65	11	38	20·6	65	11	17	10·9
70	12	56	19·3	70	12	32	3·8	70	12	9	16·4
75	13	51	46·4	75	13	25	46·9	75	13	1	21·8
80	14	47	13·5	80	14	19	30·0	80	13	53	27·3
85	15	42	40·6	85	15	13	13·1	85	14	45	32·7
90	16	38	7·7	90	16	6	56·3	90	15	37	38·2
95	17	33	34·8	95	17	0	39·4	95	16	29	43·6
100	18	29	1·9	100	17	54	22·5	100	17	21	49·1

R = 170.   R = 175.   R = 180.

a	∠ ω 0	'	"	a	∠ ω 0	'	"	a	∠ ω 0	'	"
0·1	0	1	0·7	0·1	0	0	58·9	0·1	0	0	57·3
0·2	0	2	1·3	0·2	0	1	57·9	0·2	0	1	54·6
0·3	0	3	2·0	0·3	0	2	56·8	0·3	0	2	51·9
0·4	0	4	2·7	0·4	0	3	55·7	0·4	0	3	49·2
0·5	0	5	3·4	0·5	0	4	54·7	0·5	0	4	46·5
0·6	0	6	4·0	0·6	0	5	53·6	0·6	0	5	43·8
0·7	0	7	4·7	0·7	0	6	52·6	0·7	0	6	41·1
0·8	0	8	5·4	0·8	0	7	51·5	0·8	0	7	38·4
0·9	0	9	6·0	0·9	0	8	50·4	0·9	0	8	35·7
1	0	10	6·7	1	0	9	49·4	1	0	9	33·0
2	0	20	13·4	2	0	19	38·7	2	0	19	6·0
3	0	30	20·1	3	0	29	28·1	3	0	28	39·0
4	0	40	26·8	4	0	39	17·5	4	0	38	12·0
5	0	50	33·5	5	0	49	6·9	5	0	47	45·0
6	1	0	40·2	6	0	58	56·2	6	0	57	18·0
7	1	10	46·9	7	1	8	45·6	7	1	6	51·0
8	1	20	53·6	8	1	18	35·0	8	1	16	24·0
9	1	31	0·4	9	1	28	24·3	9	1	25	57·0
10	1	41	7·1	10	1	38	13·7	10	1	35	30·0
15	2	31	40·6	15	2	27	20·6	15	2	23	15·0
20	3	22	14·1	20	3	16	27·4	20	3	11	0·0
25	4	12	47·7	25	4	5	34·3	25	3	58	45·0
30	5	3	21·2	30	4	54	41·1	30	4	46	30·0
35	5	53	54·7	35	5	43	48·0	35	5	34	15·0
40	6	44	28·2	40	6	32	54·8	40	6	22	0·0
45	7	35	1·8	45	7	22	1·7	45	7	9	45·0
50	8	25	35·3	50	8	11	8·6	50	7	57	30·0
55	9	16	8·8	55	9	0	15·4	55	8	45	15·0
60	10	6	42·4	60	9	49	22·3	60	9	33	0·0
65	10	57	15·9	65	10	38	29·1	65	10	20	45·0
70	11	47	49·4	70	11	27	36·0	70	11	8	30·0
75	12	38	23·0	75	12	16	42·8	75	11	56	15·0
80	13	28	56·5	80	13	5	49·7	80	12	44	0·0
85	14	19	30·0	85	13	54	56·5	85	13	31	45·0
90	15	10	3·5	90	14	44	3·4	90	14	19	30·0
95	16	0	37·1	95	15	33	10·2	95	15	7	15·0
100	16	51	10·6	100	16	22	17·2	100	15	55	0·0

2*

R= 185. R = 190. R = 195.

a	∠ ω 0	′	″	a	∠ ω 0	′	″	a	∠ ω 0	′	″
0·1	0	0	55·8	0·1	0	0	54.3	0·1	0	0	52·9
0·2	0	1	51·5	0·2	0	1	48·6	0·2	0	1	45·8
0·3	0	2	47·3	0·3	0	2	42·9	0·3	0	2	38·7
0·4	0	3	43·0	0·4	0	3	37·1	0·4	0	3	31·6
0·5	0	4	38·8	0·5	0	4	31·4	0·5	0	4	24·5
0·6	0	5	34·5	0·6	0	5	25·7	0·6	0	5	17·4
0·7	0	6	30·3	0·7	0	6	20·0	0·7	0	6	10·2
0·8	0	7	26·0	0·8	0	7	14·3	0·8	0	7	3·1
0·9	0	8	21·8	0·9	0	8	8·6	0·9	0	7	56·0
1	0	9	17 5	1	0	9	2·8	1	0	8	48·9
2	0	18	35·0	2	0	18	5·7	2	0	17	37·8
3	0	27	52·5	3	0	27	8·5	3	0	26	26·8
4	0	37	10·1	4	0	36	11·4	4	0	35	15·7
5	0	46	27·6	5	0	45	14·2	5	0	44	4·6
6	0	55	45·1	6	0	54	17·1	6	0	52	53·5
7	1	5	2·6	7	1	3	19·9	7	1	1	42·5
8	1	14	20·1	8	1	12	22·7	8	1	10	31·4
9	1	23	37·6	9	1	21	25·6	9	1	19	20·3
10	1	32	55·1	10	1	30	28·4	10	1	28	9·2
15	2	19	22·7	15	2	15	42·6	15	2	12	13·8
20	3	5	50·3	20	3	0	56·8	20	2	56	18·5
25	3	52	17 8	25	3	46	11·0	25	3	40	23·1
30	4	38	45·4	30	4	31	25·3	30	4	24	27·7
35	5	25	13·0	35	5	16	39·5	35	5	8	32·3
40	6	11	40·5	40	6	1	53·7	40	5	52	36·9
45	6	58	8·1	45	6	47	7·9	45	6	36	41·5
50	7	44	35 7	50	7	32	22·1	50	7	20	46·2
55	8	31	3·2	55	8	17	36·3	55	8	4	50·8
60	9	17	30·8	60	9	2	50·5	60	8	48	55·4
65	10	3	58·4	65	9	48	4·7	65	9	33	0·0
70	10	50	25·9	70	10	33	18·9	70	10	17	4·6
75	11	36	53·5	75	11	18	33·1	75	11	1	9·2
80	12	23	21·1	80	12	3	47·4	80	11	45	13·8
85	13	9	48 7	85	12	49	1·6	85	12	29	18·5
90	13	56	16·2	90	13	34	15·8	90	13	13	23·1
95	14	42	43·7	95	14	19	30·0	95	13	57	27·7
100	15	29	11·3	100	15	4	44·2	100	14	41	32·3

R = 200. R = 210. R = 220.

a	∠ω 0	'	"	a	∠ω 0	'	"	a	∠ω 0	'	"
0·1	0	0	51·6	0·1	0	0	49·1	0·1	0	0	46·9
0·2	0	1	43·1	0·2	0	1	38·2	0·2	0	1	33·8
0·3	0	2	34·7	0·3	0	2	27·3	0·3	0	2	20·7
0·4	0	3	26·3	0·4	0	3	16·5	0·4	0	3	7·5
0·5	0	4	17·9	0·5	0	4	5·6	0·5	0	3	54·4
0·6	0	5	9·4	0·6	0	4	54·7	0·6	0	4	41·3
0·7	0	6	1·0	0·7	0	5	43·8	0·7	0	5	28·2
0·8	0	6	52·6	0·8	0	6	32·9	0·8	0	6	15·1
0·9	0	7	44·1	0·9	0	7	22·0	0·9	0	7	2·0
1	0	8	35·7	1	0	8	11·1	1	0	7	48·8
2	0	17	11·4	2	0	16	22·3	2	0	15	37·6
3	0	25	47·1	3	0	24	33·4	3	0	23	26·4
4	0	34	22·8	4	0	32	44·6	4	0	31	15·3
5	0	42	58·5	5	0	40	55·7	5	0	39	4·1
6	0	51	34·2	6	0	49	6·9	6	0	46	52·9
7	1	0	9·9	7	0	57	18·0	7	0	54	41·7
8	1	8	45·6	8	1	5	29·2	8	1	2	30·6
9	1	17	21·3	9	1	13	40·3	9	1	10	19·4
10	1	25	57·0	10	1	21	51·5	10	1	18	8·2
15	2	8	55·5	15	2	2	47·2	15	1	57	12·3
20	2	51	54·0	20	2	43	42·9	20	2	36	16·4
25	3	34	52·5	25	3	24	38·6	25	3	15	20·5
30	4	17	51·0	30	4	5	34·3	30	3	54	24·6
35	5	0	49·5	35	4	46	30·0	35	4	33	28·7
40	5	43	48·0	40	5	27	25·7	40	5	12	32·8
45	6	26	46·5	45	6	8	21·4	45	5	51	36·9
50	7	9	45·0	50	6	49	17·1	50	6	30	40·9
55	7	52	43·5	55	7	30	12·8	55	7	9	45·0
60	8	35	42·0	60	8	11	8·6	60	7	48	49·1
65	9	18	40·5	65	8	52	4·3	65	8	27	53·2
70	10	1	39·0	70	9	33	0·0	70	9	6	57·3
75	10	44	37·5	75	10	13	55·7	75	9	46	1·4
80	11	27	36·0	80	10	54	51·4	80	10	25	5·5
85	12	10	34·5	85	11	35	47·1	85	11	4	9·6
90	12	53	33·0	90	12	16	42·9	90	11	43	13·7
95	13	36	31·5	95	12	57	38·6	95	12	22	17·8
100	14	19	30·0	100	13	38	34·3	100	13	1	21·8

R = 230.   **R = 240.**   **R = 250.**

a	∡ ω 0	′	″	a	∡ ω 0	′	″	a	∡ ω 0	′	″
0·1	0	0	44·8	0·1	0	0	43·0	0·1	0	0	41·3
0·2	0	1	29·7	0·2	0	1	26·0	0·2	0	1	22·5
0·3	0	2	14·5	0·3	0	2	9·0	0·3	0	2	3·8
0·4	0	2	59·4	0·4	0	2	51·9	0·4	0	2	45·0
0·5	0	3	44·2	0·5	0	3	34·9	0·5	0	3	26·3
0·6	0	4	29·1	0·6	0	4	17·9	0·6	0	4	7·5
0·7	0	5	13·9	0·7	0	5	0·9	0·7	0	4	48·8
0·8	0	5	58·7	0·8	0	5	43·8	0·8	0	5	30·0
0·9	0	6	43·5	0·9	0	6	26·8	0·9	0	6	11·3
1	0	7	28·4	1	0	7	9·8	1	0	6	52·6
2	0	14	56·9	2	0	14	19·5	2	0	13	45·1
3	0	22	25·3	3	0	21	29·3	3	0	20	37·7
4	0	29	53·7	4	0	28	39·0	4	0	27	30·2
5	0	37	22·1	5	0	35	48·8	5	0	34	22·8
6	0	44	50·6	6	0	42	58·5	6	0	41	15·4
7	0	52	19·0	7	0	50	8·3	7	0	48	8·0
8	0	59	47·5	8	0	57	18·0	8	0	55	0·5
9	1	7	15·9	9	1	4	27·8	9	1	1	53·1
10	1	14	44·3	10	1	11	37·5	10	1	8	45·6
15	1	52	6·5	15	1	47	26·3	15	1	43	8·4
20	2	29	28·7	20	2	23	15·0	20	2	17	31·2
25	3	6	50·8	25	2	59	3·8	25	2	51	54·0
30	3	44	13·0	30	3	34	52·5	30	3	26	16·8
35	4	21	35·2	35	4	10	41·3	35	4	0	39·6
40	4	58	57·4	40	4	46	30·0	40	4	35	2·4
45	5	36	19·6	45	5	22	18·8	45	5	9	25·2
50	6	13	41·7	50	5	58	7·5	50	5	43	48·0
55	6	51	3·9	55	6	33	56·3	55	6	18	10·8
60	7	28	26·1	60	7	9	45·0	60	6	52	33·6
65	8	5	48·3	65	7	45	33·8	65	7	26	56·4
70	8	43	10·5	70	8	21	22·5	70	8	1	19·2
75	9	20	32·6	75	8	57	11·3	75	8	35	42·0
80	9	57	54·8	80	9	33	0·0	80	9	10	4·8
85	10	35	17·0	85	10	8	48·8	85	9	44	27·6
90	11	12	39·2	90	10	44	37·5	90	10	18	50·4
95	11	50	1·3	95	11	20	26·3	95	10	53	13·2
100	12	27	23·5	100	11	56	15·0	100	11	27	36·0

a	∠ ω			a	∠ ω			a	∠ ω		
	R = 260.				R = 270.				R = 280.		
	0	'	''		0	'	''		0	'	''
0·1	0	0	39·7	0·1	0	0	38·2	0·1	0	0	36·8
0·2	0	1	19·3	0·2	0	1	16·4	0·2	0	1	13·7
0·3	0	1	59·0	0·3	0	1	54·6	0·3	0	1	50·5
0·4	0	2	38·7	0·4	0	2	32·8	0·4	0	2	27·3
0·5	0	3	18·4	0·5	0	3	11·0	0·5	0	3	4·2
0·6	0	3	58·0	0·6	0	3	49·2	0·6	0	3	41·0
0·7	0	4	37·7	0·7	0	4	27·4	0·7	0	4	17·8
0·8	0	5	17·4	0·8	0	5	5·6	0·8	0	4	51·7
0·9	0	5	57·1	0·9	0	5	43·8	0·9	0	5	31·5
1	0	6	36·7	1	0	6	22·0	1	0	6	8·4
2	0	13	13·4	2	0	12	44·0	2	0	12	16·7
3	0	19	50·1	3	0	19	6·0	3	0	18	25·1
4	0	26	26·8	4	0	25	28·0	4	0	24	33·4
5	0	33	3·5	5	0	31	50·0	5	0	30	41·8
6	0	39	40·2	6	0	38	12·0	6	0	36	50·1
7	0	46	16·9	7	0	44	34·0	7	0	42	58·5
8	0	52	53·5	8	0	50	56·0	8	0	49	6·9
9	0	59	30·2	9	0	57	18·0	9	0	55	15·3
10	1	6	6·9	10	1	3	40·0	10	1	1	23·6
15	1	39	10·4	15	1	35	30·0	15	1	32	5·4
20	2	12	13·8	20	2	7	20·0	20	2	2	47·1
25	2	45	17·3	25	2	39	10·0	25	2	33	28·9
30	3	18	20·8	30	3	11	0·0	30	3	4	10·7
35	3	51	24·3	35	3	42	50·0	35	3	34	52·5
40	4	24	27·7	40	4	14	40·0	40	4	5	34·3
45	4	57	31·2	45	4	46	30·0	45	4	36	16·1
50	5	30	34·6	50	5	18	20·0	50	5	6	57·9
55	6	3	38·1	55	5	50	10·0	55	5	37	39·7
60	6	36	41·5	60	6	22	0·0	60	6	8	21·4
65	7	9	45·0	65	6	53	50·0	65	6	39	3·2
70	7	42	48·5	70	7	25	40·0	70	7	9	45·0
75	8	15	52·0	75	7	57	30·0	75	7	40	26·8
80	8	48	55·4	80	8	29	20·0	80	8	11	8·6
85	9	21	58·9	85	9	1	10·0	85	8	41	50·4
90	9	55	2·3	90	9	33	0·0	90	9	12	32·1
95	10	28	5·8	95	10	4	50·0	95	9	43	13·9
100	11	1	9·2	100	10	36	40·0	100	10	13	55·7

R = 290.   **R = 300.**   **R = 310.**

a	$\angle\omega$ °	'	''	a	$\angle\omega$ °	'	''	a	$\angle\omega$ °	'	''
0·1	0	0	35·6	0·1	0	0	34·4	0·1	0	0	33·3
0·2	0	1	11·1	0·2	0	1	8·8	0·2	0	1	6·5
0·3	0	1	46·7	0·3	0	1	43·2	0·3	0	1	39·8
0·4	0	2	22·3	0·4	0	2	17·5	0·4	0	2	13·1
0·5	0	2	57·9	0·5	0	2	51·9	0·5	0	2	46·4
0·6	0	3	33·4	0·6	0	3	26·3	0·6	0	3	19·6
0·7	0	4	9·0	0·7	0	4	0·7	0·7	0	3	52·9
0·8	0	4	44·5	0·8	0	4	35·0	0·8	0	4	26·2
0·9	0	5	20·1	0·9	0	5	9·4	0·9	0	4	59·5
1	0	5	55·7	1	0	5	43·8	1	0	5	32·7
2	0	11	51·3	2	0	11	27·6	2	0	11	5·4
3	0	17	47·0	3	0	17	11·4	3	0	16	38·1
4	0	23	42·6	4	0	22	55·2	4	0	22	10·8
5	0	29	38·3	5	0	28	39·0	5	0	27	43·5
6	0	35	33·9	6	0	34	22·8	6	0	33	16·3
7	0	41	29·6	7	0	40	6·6	7	0	38	49·0
8	0	47	25·2	8	0	45	50·4	8	0	44	21·8
9	0	53	20·9	9	0	51	34·2	9	0	49	54·5
10	0	59	16·6	10	0	57	18·0	10	0	55	27·1
15	1	28	54·9	15	1	25	57·0	15	1	23	10·6
20	1	58	33·1	20	1	54	36·0	20	1	50	54·2
25	2	28	11·4	25	2	23	15·0	25	2	18	37·7
30	2	57	49·7	30	2	51	54·0	30	2	46	21·3
35	3	27	28·0	35	3	20	33·0	35	3	14	4·8
40	3	57	6·2	40	3	49	12·0	40	3	41	48·4
45	4	26	44·5	45	4	17	51·0	45	4	9	31·9
50	4	56	22·8	50	4	46	30·0	50	4	37	15·5
55	5	26	1·1	55	5	15	9·0	55	5	4	59·0
60	5	55	39·3	60	5	43	48·0	60	5	32	42·6
65	6	25	17·6	65	6	12	27·0	65	6	0	26·1
70	6	54	55·9	70	6	41	6·0	70	6	28	9·7
75	7	24	34·2	75	7	9	45·0	75	6	55	53·2
80	7	54	12·4	80	7	38	24·0	80	7	23	36·8
85	8	23	50·7	85	8	7	3·0	85	7	51	20·3
90	8	53	29·0	90	8	35	42·0	90	8	19	3·9
95	9	23	7·3	95	9	4	21·0	95	8	46	47·4
100	9	52	45·5	100	9	33	0·0	100	9	14	31·0

R = 320.				R = 330.				R = 340.			
a	∠ω 0	'	"	a	∠ω 0	'	"	a	∠ω 0	'	"
0·1	0	0	32·2	0·1	0	0	31·3	0·1	0	0	30·3
0·2	0	1	4·5	0·2	0	1	2·5	0·2	0	1	0·7
0·3	0	1	36·7	0·3	0	1	33·8	0·3	0	1	31·0
0·4	0	2	8·9	0·4	0	2	5·0	0·4	0	2	1·3
0·5	0	2	41·1	0·5	0	2	36·3	0·5	0	2	31·6
0·6	0	3	13·4	0·6	0	3	7·5	0·6	0	3	2·0
0·7	0	3	45·6	0·7	0	3	38·8	0·7	0	3	32·3
0·8	0	4	17·9	0·8	0	4	10·0	0·8	0	4	2·7
0·9	0	4	50·1	0·9	0	4	41·3	0·9	0	4	33·0
1	0	5	22·3	1	0	5	12·5	1	0	5	3·4
2	0	10	44·6	2	0	10	25·1	2	0	10	6·7
3	0	16	6·9	3	0	15	37·6	3	0	15	10·1
4	0	21	29·3	4	0	20	50·2	4	0	20	13·4
5	0	26	51·6	5	0	26	2·7	5	0	25	16·8
6	0	32	13·9	6	0	31	15·3	6	0	30	20·1
7	0	37	36·2	7	0	36	27·8	7	0	35	23·5
8	0	42	58·5	8	0	41	40·4	8	0	40	26·8
9	0	48	20·8	9	0	46	52·9	9	0	45	30·2
10	0	53	43·1	10	0	52	5·5	10	0	50	33·5
15	1	20	34·7	15	1	18	8·2	15	1	15	50·3
20	1	47	26·3	20	1	44	10·9	20	1	41	7·1
25	2	14	17·9	25	2	10	13·6	25	2	6	23·9
30	2	41	9·4	30	2	36	16·4	30	2	31	40·6
35	3	8	1·0	35	3	2	19·1	35	2	56	57·4
40	3	34	52·5	40	3	28	21·8	40	3	22	14·1
45	4	1	44·1	45	3	54	24·5	45	3	47	30·9
50	4	28	35·6	50	4	20	27·3	50	4	12	47·7
55	4	55	27·2	55	4	46	30·0	55	4	38	4·5
60	5	22	18·8	60	5	12	32·7	60	5	3	21·2
65	5	49	10·4	65	5	38	35·4	65	5	28	38·0
70	6	16	1·9	70	6	4	38·2	70	5	53	54·7
75	6	42	53·5	75	6	30	40·9	75	6	19	11·5
80	7	9	45·0	80	6	56	43·6	80	6	44	28·2
85	7	36	36·6	85	7	22	46·3	85	7	9	45·0
90	8	3	28·1	90	7	48	49·1	90	7	35	1·8
95	8	30	19·7	95	8	14	51·8	95	8	0	18·6
100	8	57	11·3	100	8	40	54·6	100	8	25	35·3

R = 350.   R = 360.   R = 370.

a	∢ ω 0	′	″	a	∢ ω 0	′	″	a	∢ ω 0	′	″
0·1	0	0	29·5	0·1	0	0	28·7	0·1	0	0	27·9
0·2	0	0	58·9	0·2	0	0	57·3	0·2	0	0	55·8
0·3	0	1	28·4	0·3	0	1	26·0	0·3	0	1	23·7
0·4	0	1	57·9	0·4	0	1	54·6	0·4	0	1	51·5
0·5	0	2	27·4	0·5	0	2	23·3	0·5	0	2	19·4
0·6	0	2	56·8	0·6	0	2	51·9	0·6	0	2	47·3
0·7	0	3	26·3	0·7	0	3	20·6	0·7	0	3	15·2
0·8	0	3	55·7	0·8	0	3	49·2	0·8	0	3	43·0
0·9	0	4	25·2	0·9	0	4	17·9	0·9	0	4	10·9
1	0	4	54·7	1	0	4	46·5	1	0	4	38·8
2	0	9	49·4	2	0	9	33·0	2	0	9	17·5
3	0	14	44·1	3	0	14	19·5	3	0	13	56·3
4	0	19	38·7	4	0	19	6·0	4	0	18	35·0
5	0	24	33·4	5	0	23	52·5	5	0	23	13·8
6	0	29	28·1	6	0	28	39·0	6	0	27	52·5
7	0	34	22·8	7	0	33	25·5	7	0	32	31·3
8	0	39	17·5	8	0	38	12·0	8	0	37	10·1
9	0	44	12·2	9	0	42	58·5	9	0	41	48·9
10	0	49	6·9	10	0	47	45·0	10	0	46	27·6
15	1	13	40·3	15	1	11	37·5	15	1	9	41·4
20	1	35	13·7	20	1	35	30·0	20	1	32	55·1
25	2	2	47·1	25	1	59	22·5	25	1	56	8·9
30	2	27	20·6	30	2	23	15·0	30	2	19	22·7
35	2	51	55·0	35	2	47	7·5	35	2	42	36·5
40	3	16	27·4	40	3	11	0·0	40	3	5	50·3
45	3	41	0·8	45	3	34	52·5	45	3	29	4·1
50	4	5	34·3	50	3	58	45·0	50	3	52	17·8
55	4	30	7·7	55	4	22	37·5	55	4	15	31·6
60	4	54	41·1	60	4	46	30·0	60	4	38	45·4
65	5	19	14·5	65	5	10	22·5	65	5	1	59·2
70	5	43	48·0	70	5	34	15·0	70	5	25	13·0
75	6	8	21·4	75	5	58	7·5	75	5	48	26·8
80	6	32	54·8	80	6	22	0·0	80	6	11	40·5
85	6	57	28·2	85	6	45	52·5	85	6	34	54·3
90	7	22	1·7	90	7	9	45·0	90	6	58	8·1
95	7	46	35·1	95	7	33	37·5	95	7	21	21·9
100	8	11	8·6	100	7	57	30·0	100	7	44	35·7

R = 380.   R = 390.   R = 400.

a	∡ω 0	′	″	a	∡ω 0	′	″	a	∡ω 0	′	″
0·1	0	0	27·1	0·1	0	0	26·4	0·1	0	0	25·8
0·2	0	0	54·3	0·2	0	0	52·9	0·2	0	0	51·6
0·3	0	1	21·4	0·3	0	1	19·3	0·3	0	1	17·4
0·4	0	1	48·6	0·4	0	1	45·8	0·4	0	1	43·1
0·5	0	2	15·7	0·5	0	2	12·2	0·5	0	2	8·9
0·6	0	2	42·9	0·6	0	2	38·7	0·6	0	2	34·7
0·7	0	3	10·0	0·7	0	3	5·1	0·7	0	3	0·5
0·8	0	3	37·1	0·8	0	3	31·6	0·8	0	3	26·3
0·9	0	4	4·2	0·9	0	3	58·0	0·9	0	3	52·1
1	0	4	31·4	1	0	4	24·5	1	0	4	17·9
2	0	9	2·8	2	0	8	48·9	2	0	8	35·7
3	0	13	34·2	3	0	13	13·4	3	0	12	53·6
4	0	18	5·7	4	0	17	37·8	4	0	17	11·4
5	0	22	37·1	5	0	22	2·3	5	0	21	29·3
6	0	27	8·5	6	0	26	26·8	6	0	25	47·1
7	0	31	39·9	7	0	30	51·3	7	0	30	5·0
8	0	36	11·4	8	0	35	15·7	8	0	34	22·8
9	0	40	42·8	9	0	39	40·2	9	0	38	40·7
10	0	45	14·2	10	0	44	4·6	10	0	42	58·5
15	1	7	51·3	15	1	6	6·9	15	1	4	27·8
20	1	30	28·4	20	1	28	9·2	20	1	25	57·0
25	1	53	5·5	25	1	50	11·5	25	1	47	26·3
30	2	15	42·6	30	2	12	13·8	30	2	8	55·5
35	2	38	19·7	35	2	34	16·1	35	2	30	24·8
40	3	0	56·8	40	2	56	18·5	40	2	51	54·0
45	3	23	33·9	45	3	18	20·8	45	3	13	23·3
50	3	46	11·0	50	3	40	23·1	50	3	34	52·5
55	4	8	48·1	55	4	2	25·4	55	3	56	21·8
60	4	31	25·3	60	4	24	27·7	60	4	17	51·0
65	4	54	2·4	65	4	46	30·0	65	4	39	20·3
70	5	16	39·5	70	5	8	32·3	70	5	0	49·5
75	5	39	16·6	75	5	30	34·6	75	5	22	18·8
80	6	1	53·7	80	5	52	36·9	80	5	43	48·0
85	6	24	30·8	85	6	14	39·2	85	6	5	17·3
90	6	47	7·9	90	6	36	41·5	90	6	26	46·5
95	7	9	45·0	95	6	58	43·8	95	6	48	15·8
100	7	32	22·1	100	7	20	46·2	100	7	9	45·0

R = 410. R = 420. R = 430.

a	∠ω 0	′	″	a	∠ω 0	′	″	a	∠ω 0	′	″
0·1	0	0	25·2	0·1	0	0	24·6	0·1	0	0	24·0
0·2	0	0	50·3	0·2	0	0	49·1	0·2	0	0	48·0
0 3	0	1	15·5	0·3	0	1	13·7	0·3	0	1	12·0
0·4	0	1	40·6	0·4	0	1	38·2	0·4	0	1	35·9
0·5	0	2	5·8	0·5	0	2	2·8	0.5	0	1	59·9
0·6	0	2	30·9	0·6	0	2	27·3	0·6	0	2	23·9
0·7	0	2	56·1	0 7	0	2	51·9	0·7	0	2	47·9
0·8	0	3	21·2	0·8	0	3	16·5	0·8	0	3	11·9
0·9	0	3	46·4	0·9	0	3	41·1	0·9	0	3	35·9
1	0	4	11·6	1	0	4	5·6	1	0	3	59·9
2	0	8	23·1	2	0	8	11·1	2	0	7	59·7
3	0	12	34·7	3	0	12	16·7	3	0	11	59·6
4	0	16	46·2	4	0	16	22·3	4	0	15	59·5
5	0	20	57·8	5	0	20	27·9	5	0	19	59·3
6	0	25	9·4	6	0	24	33·4	6	0	23	59·2
7	0	29	20·9	7	0	28	39·0	7	0	27	59·0
8	0	33	32·5	8	0	32	44·6	8	0	31	58·9
9	0	37	44·0	9	0	36	50·2	9	0	35	58·8
10	0	41	55·6	10	0	40	55·7	10	0	39	58·6
15	1	2	53·4	15	1	1	23·6	15	0	59	57·9
20	1	23	51·2	20	1	21	51·5	20	1	19	57·3
25	1	44	49·0	25	1	42	19·4	25	1	39	56·6
30	2	5	46·8	30	2	2	47·2	30	1	59	55·9
35	2	26	44·6	35	2	23	15·1	35	2	19	55·2
40	2	47	42·4	40	2	43	42·9	40	2	39	54·5
45	3	8	40·2	45	3	4	10·8	45	2	59	53·8
50	3	29	38·1	50	3	24	38·6	50	3	19	53·2
55	3	50	35·9	55	3	45	6·5	55	3	39	52·5
60	4	11	33·7	60	4	5	34·3	60	3	59	51·8
65	4	32	31·5	65	4	26	2·2	65	4	19	51·1
70	4	53	29·3	70	4	46	30·0	70	4	39	50·4
75	5	14	27·1	75	5	6	57·9	75	4	59	49·7
80	5	35	24·9	80	5	27	25·7	80	5	19	49·0
85	5	56	22·7	85	5	47	53·6	85	5	39	48·4
90	6	17	20·5	90	6	8	21·4	90	5	59	47·7
95	6	38	18·3	95	6	28	49·3	95	6	19	47·0
100	6	59	16·1	100	6	49	17·1	100	6	39	46·3

R = 440.   R = 450.   R = 460.

a	∠ ω °	′	″	a	∠ ω °	′	″	a	∠ ω °	′	″
0·1	0	0	23·4	0·1	0	0	22·9	0·1	0	0	22·4
0·2	0	0	46·9	0·2	0	0	45·8	0·2	0	0	44·8
0·3	0	1	10·3	0·3	0	1	8·8	0·3	0	1	7·2
0·4	0	1	33·8	0·4	0	1	31·7	0·4	0	1	29·7
0·5	0	1	57·2	0·5	0	1	54·6	0·5	0	1	52·1
0·6	0	2	20·7	0·6	0	2	17·5	0·6	0	2	14·5
0·7	0	2	44·1	0·7	0	2	40·4	0·7	0	2	36·9
0·8	0	3	7·5	0·8	0	3	3·3	0·8	0	2	59·4
0·9	0	3	30·9	0·9	0	3	26·3	0·9	0	3	21·8
1	0	3	54·4	1	0	3	49·2	1	0	3	44·2
2	0	7	48·8	2	0	7	38·4	2	0	7	28·4
3	0	11	43·2	3	0	11	27·6	3	0	11	12·6
4	0	15	37·6	4	0	15	16·8	4	0	14	56·9
5	0	19	32·0	5	0	19	6·0	5	0	18	41·1
6	0	23	26·4	6	0	22	55·2	6	0	22	25·3
7	0	27	20·8	7	0	26	44·4	7	0	26	9·5
8	0	31	15·3	8	0	30	33·6	8	0	29	53·7
9	0	35	9·7	9	0	34	22·8	9	0	33	37·9
10	0	39	4·1	10	0	38	12·0	10	0	37	22·1
15	0	58	36·1	15	0	57	18·0	15	0	56	3·2
20	1	18	8·2	20	1	16	24·0	20	1	14	44·3
25	1	37	40·2	25	1	35	30·0	25	1	33	25·4
30	1	57	12·3	30	1	54	36·0	30	1	52	6·5
35	2	16	44·3	35	2	13	42·0	35	2	10	47·6
40	2	36	16·4	40	2	32	48·0	40	2	29	28·7
45	2	55	48·4	45	2	51	54·0	45	2	48	9·8
50	3	15	20·5	50	3	11	0·0	50	3	6	50·8
55	3	34	52·5	55	3	30	6·0	55	3	25	31·9
60	3	54	24·6	60	3	49	12·0	60	3	44	13·0
65	4	13	56·6	65	4	8	18·0	65	4	2	54·1
70	4	33	28·7	70	4	27	24·0	70	4	21	35·2
75	4	53	0·7	75	4	46	30·0	75	4	40	16·3
80	5	12	32·8	80	5	5	36·0	80	4	58	57·4
85	5	32	4·8	85	5	24	42·0	85	5	17	38·5
90	5	51	36·9	90	5	43	48·0	90	5	36	19·6
95	6	11	8·9	95	6	2	54·0	95	5	55	0·7
100	6	30	40·9	100	6	22	0·0	100	6	13	41·7

R = 470.   R = 480.   R = 490.

a	$\angle\,\omega$ °	′	″	a	$\angle\,\omega$ °	′	″	a	$\angle\,\omega$ °	′	″
0·1	0	0	21·9	0·1	0	0	21·5	0·1	0	0	21·0
0·2	0	0	43·9	0·2	0	0	43·0	0·2	0	0	42·1
0·3	0	1	5·8	0·3	0	1	4·5	0·3	0	1	3·1
0·4	0	1	27·8	0·4	0	1	26·0	0·4	0	1	24·2
0·5	0	1	49·7	0·5	0	1	47·5	0·5	0	1	45·2
0·6	0	2	11·7	0·6	0	2	9·0	0·6	0	2	6·3
0·7	0	2	33·6	0·7	0	2	30·5	0·7	0	2	27·3
0·8	0	2	55·6	0·8	0	2	51·9	0·8	0	2	48·4
0·9	0	3	17·5	0·9	0	3	13·4	0·9	0	3	9·4
1	0	3	39·4	1	0	3	34·9	1	0	3	30·5
2	0	7	18·9	2	0	7	9·8	2	0	7	1·0
3	0	10	58·3	3	0	10	44·7	3	0	10	31·5
4	0	14	37·8	4	0	14	19·5	4	0	14	2·0
5	0	18	17·2	5	0	17	54·4	5	0	17	32·5
6	0	21	56·7	6	0	21	29·3	6	0	21	2·9
7	0	25	36·1	7	0	25	4·2	7	0	24	33·4
8	0	29	15·6	8	0	28	39·0	8	0	28	3·9
9	0	32	55·0	9	0	32	13·9	9	0	31	34·4
10	0	36	34·5	10	0	35	48·8	10	0	35	4·9
15	0	54	51·7	15	0	53	43·2	15	0	52	37·4
20	1	13	8·9	20	1	11	37·5	20	1	10	9·8
25	1	31	26·2	25	1	29	31·9	25	1	27	42·3
30	1	49	43·4	30	1	47	26·3	30	1	45	14·7
35	2	8	0·6	35	2	5	20·7	35	2	2	47·2
40	2	26	17·9	40	2	23	15·0	40	2	20	19·6
45	2	44	35·1	45	2	41	9·4	45	2	37	52·1
50	3	2	52·3	50	2	59	3·8	50	2	55	24·5
55	3	21	9·6	55	3	16	58·2	55	3	12	57·0
60	3	39	26·8	60	3	34	52·5	60	3	30	29·4
65	3	57	44·1	65	3	52	46·9	65	3	48	1·9
70	4	16	1·3	70	4	10	41·3	70	4	5	34·3
75	4	34	18·5	75	4	28	35·7	75	4	23	6·8
80	4	52	35·8	80	4	46	30·0	80	4	40	39·2
85	5	10	53·0	85	5	4	24·4	85	4	58	11·7
90	5	29	10·2	90	5	22	18·8	90	5	15	44·1
95	5	47	27·5	95	5	40	13·2	95	5	33	16·6
100	6	5	44·7	100	5	58	7·5	100	5	50	49·0

R = 500. R = 510. R = 520.

a	∡ω (°)	′	″	a	∡ω (°)	′	″	a	∡ω (°)	′	″
0·1	0	0	20·6	0·1	0	0	20·2	0·1	0	0	19·8
0·2	0	0	41·3	0·2	0	0	40·4	0·2	0	0	39·7
0·3	0	1	1·9	0·3	0	1	0·7	0·3	0	0	59·5
0·4	0	1	22·5	0·4	0	1	20·9	0·4	0	1	19·3
0·5	0	1	43·1	0·5	0	1	41·1	0·5	0	1	39·1
0·6	0	2	3·8	0·6	0	2	1·3	0·6	0	1	59·0
0·7	0	2	24·4	0·7	0	2	21·5	0·7	0	2	18·8
0·8	0	2	45·0	0·8	0	2	41·7	0·8	0	2	38·7
0·9	0	3	5·6	0·9	0	3	2·0	0·9	0	2	58·5
1	0	3	26·3	1	0	3	22·2	1	0	3	18·3
2	0	6	52·6	2	0	6	44·4	2	0	6	36·7
3	0	10	18·9	3	0	10	6·7	3	0	9	55·0
4	0	13	45·1	4	0	13	28·9	4	0	13	13·4
5	0	17	11·4	5	0	16	51·2	5	0	16	31·7
6	0	20	37·7	6	0	20	13·4	6	0	19	50·1
7	0	24	4·0	7	0	23	35·6	7	0	23	8·4
8	0	27	30·2	8	0	26	57·8	8	0	26	26·8
9	0	30	56·5	9	0	30	20·1	9	0	29	45·1
10	0	34	22·8	10	0	33	42·3	10	0	33	3·5
15	0	51	34·2	15	0	50	33·5	15	0	49	35·2
20	1	8	45·6	20	1	7	24·7	20	1	6	6·9
25	1	25	57·0	25	1	24	15·9	25	1	22	38·6
30	1	43	8·4	30	1	41	7·1	30	1	39	10·4
35	2	0	19·8	35	1	57	58·3	35	1	55	42·1
40	2	17	31·2	40	2	14	49·5	40	2	12	13·8
45	2	34	42·6	45	2	31	40·6	45	2	28	45·5
50	2	51	54·0	50	2	48	31·8	50	2	45	17·3
55	3	9	5·4	55	3	5	23·0	55	3	1	49·0
60	3	26	16·8	60	3	22	14·1	60	3	18	20·8
65	3	43	28·2	65	3	39	5·3	65	3	34	52·5
70	4	0	39·6	70	3	55	56·5	70	3	51	24·3
75	4	17	51·0	75	4	12	47·7	75	4	7	56·0
80	4	35	2·4	80	4	29	38·9	80	4	24	27·7
85	4	52	13·8	85	4	46	30·1	85	4	40	59·4
90	5	9	25·2	90	5	3	21·2	90	4	57	31·2
95	5	26	36·6	95	5	20	12·4	95	5	14	2·9
100	5	43	48·0	100	5	37	3·5	100	5	30	34·6

R = 530.   R = 540.   R = 550.

a	∠ ω °	'	''	a	∠ ω °	'	''	a	∠ ω °	'	''
0·1	0	0	19·5	0·1	0	0	19·1	0·1	0	0	18·8
0·2	0	0	38·9	0·2	0	0	38·2	0·2	0	0	37·5
0·3	0	0	58·4	0·3	0	0	57·3	0·3	0	0	56·3
0·4	0	1	17·8	0·4	0	1	16·4	0·4	0	1	15·0
0·5	0	1	37·3	0·5	0	1	35·5	0·5	0	1	33·8
0·6	0	1	56·8	0·6	0	1	54·6	0·6	0	1	52·5
0·7	0	2	16·2	0·7	0	2	13·7	0·7	0	2	11·3
0·8	0	2	35·7	0·8	0	2	32·8	0·8	0	2	30·0
0·9	0	2	55·1	0·9	0	2	51·9	0·9	0	2	48·8
1	0	3	14·6	1	0	3	11·0	1	0	3	7·5
2	0	6	29·2	2	0	6	22·0	2	0	6	15·1
3	0	9	43·8	3	0	9	33·0	3	0	9	22·6
4	0	12	58·4	4	0	12	44·0	4	0	12	30·1
5	0	16	13·0	5	0	15	55·0	5	0	15	37·6
6	0	19	27·6	6	0	19	6·0	6	0	18	45·2
7	0	22	42·2	7	0	22	17·0	7	0	21	52·7
8	0	25	56·8	8	0	25	28·0	8	0	25	0·2
9	0	29	11·4	9	0	28	39·0	9	0	28	7·7
10	0	32	26·0	10	0	31	50·0	10	0	31	15·3
15	0	48	39·1	15	0	47	45·0	15	0	46	52·9
20	1	4	52·1	20	1	3	40·0	20	1	2	30·5
25	1	21	5·1	25	1	19	35·0	25	1	18	8·2
30	1	37	18·1	30	1	35	30·0	30	1	33	45·8
35	1	53	31·1	35	1	51	25·0	35	1	49	23·4
40	2	9	44·2	40	2	7	20·0	40	2	5	1·1
45	2	25	57·2	45	2	23	15·0	45	2	20	38·7
50	2	42	10·2	50	2	39	10·0	50	2	36	16·4
55	2	58	23·2	55	2	55	5·0	55	2	51	54·0
60	3	14	36·2	60	3	11	0·0	60	3	7	31·6
65	3	30	49·3	65	3	26	55·0	65	3	23	9·3
70	3	47	2·3	70	3	42	50·0	70	3	38	46·9
75	4	3	15·3	75	3	58	45·0	75	3	54	24·5
80	4	19	28·3	80	4	14	40·0	80	4	10	2·2
85	4	35	41·3	85	4	30	35·0	85	4	25	39·8
90	4	51	54·4	90	4	46	30·0	90	4	41	17·4
95	5	8	7·4	95	5	2	25·0	95	4	56	55·1
100	5	24	20·4	100	5	18	20·0	100	5	12	32·7

R = 560.   R = 570.   R = 580.

a	∠ω 0	′	″	a	∠ω 0	′	″	a	∠ω 0	′	″
0·1	0	0	18·4	0 1	0	0	18·1	0·1	0	0	17·8
0·2	0	0	36·8	0·2	0	0	36·2	0·2	0	0	35·6
0·3	0	0	55·2	0·3	0	0	54·3	0·3	0	0	53·4
0·4	0	1	13·7	0·4	0	1	12·4	0·4	0	1	11·1
0·5	0	1	32·1	0·5	0	1	30·5	0 5	0	1	28·9
0·6	0	1	50·5	0·6	0	1	48·6	0·6	0	1	46·7
0·7	0	2	8·9	0·7	0	2	6 7	0 7	0	2	4·5
0·8	0	2	27·3	0·8	0	2	24·8	0·8	0	2	22·3
0·9	0	2	45·7	0·9	0	2	42·9	0·9	0	2	40·1
1	0	3	4·2	1	0	3	0·9	1	0	2	57·8
2	0	6	8·4	2	0	6	1·9	2	0	5	55·7
3	0	9	12·6	3	0	9	2·8	3	0	8	53·5
4	0	12	16·7	4	0	12	3·8	4	0	11	51·3
5	0	15	20·9	5	0	15	4·7	5	0	14	49·1
6	0	18	25 1	6	0	18	5·7	6	0	17	47·0
7	0	21	29·3	7	0	21	6·7	7	0	20	44·8
8	0	24	33·4	8	0	24	7·6	8	0	23	42·6
9	0	27	37·6	9	0	27	8·6	9	0	26	40·4
10	0	30	41·8	10	0	30	9·5	10	0	29	38·3
15	0	46	2·7	15	0	45	14·2	15	0	44	27·4
20	1	1	23·6	20	1	0	18·9	20	0	59	16·6
25	1	16	44·5	25	1	15	23·7	25	1	14	5·7
30	1	32	5·4	30	1	30	28·4	30	1	28	54 8
35	1	47	26·3	35	1	45	33·2	35	1	43	44·0
40	2	2	47·1	40	2	0	37·9	40	1	58	33·1
45	2	18	8 0	45	2	15	42·6	45	2	13	22·3
50	2	33	28·9	50	2	30	47·4	50	2	28	11·4
55	2	48	49·8	55	2	45	52·1	55	2	43	0·5
60	3	4	10·7	60	3	0	56·9	60	2	57	49·7
65	3	19	31·6	65	3	16	1·6	65	3	12	38·8
70	3	34	52·5	70	3	31	6·3	70	3	27	28·0
75	3	50	13·4	75	3	46	11·1	75	3	42	17·1
80	4	5	34·3	80	4	1	15 8	80	3	57	6·2
85	4	20	55·2	85	4	16	20·5	85	4	11	55·4
90	4	36	16·1	90	4	31	25 3	90	4	26	44·5
95	4	51	37·0	95	4	46	30 0	95	4	41	33·7
100	5	6	57·9	100	5	1	34·7	100	4	56	22·8

$R = 590.$				$R = 600.$				$R = 610.$			
a	$\angle\ \omega$			a	$\angle\ \omega$			a	$\angle\ \omega$		
	0	'	''		0	'	''		0	'	''
0·1	0	0	17·5	0·1	0	0	17·2	0·1	0	0	16·9
0·2	0	0	35·0	0·2	0	0	34·4	0·2	0	0	33·8
0·3	0	0	52·4	0·3	0	0	51·6	0·3	0	0	50·7
0·4	0	1	9·9	0·4	0	1	8·8	0·4	0	1	7·6
0·5	0	1	27·4	0·5	0	1	26·0	0·5	0	1	24·5
0·6	0	1	44·9	0·6	0	1	43·2	0·6	0	1	41·4
0·7	0	2	2·4	0·7	0	2	0·4	0·7	0	1	58·4
0·8	0	2	19·8	0·8	0	2	17·5	0·8	0	2	15·3
0·9	0	2	37·3	0·9	0	2	34·7	0·9	0	2	32·2
1	0	2	54·8	1	0	2	51·9	1	0	2	49·1
2	0	5	49·6	2	0	5	43·8	2	0	5	38·2
3	0	8	44·4	3	0	8	35·7	3	0	8	27·2
4	0	11	39·3	4	0	11	27·6	4	0	11	16·3
5	0	14	34·1	5	0	14	19·5	5	0	14	5·4
6	0	17	28·9	6	0	17	11·4	6	0	16	54·5
7	0	20	23.7	7	0	20	3·3	7	0	19	43·6
8	0	23	18·5	8	0	22	55·2	8	0	22	32·7
9	0	26	13·3	9	0	25	47·1	9	0	25	21·7
10	0	29	8·1	10	0	28	39·0	10	0	28	10·8
15	0	43	42·2	15	0	42	58·5	15	0	42	16·2
20	0	58	16·3	20	0	57	18·0	20	0	56	21·6
25	1	12	50·3	25	1	11	37·5	25	1	10	27·1
30	1	27	24·4	30	1	25	57·0	30	1	24	32·5
35	1	41	58·5	35	1	40	16·5	35	1	38	37·9
40	1	56	32·5	40	1	54	36·0	40	1	52	43·3
45	2	11	6·6	45	2	8	55·5	45	2	6	48·7
50	2	25	40·7	50	2	23	15·0	50	2	20	54·1
55	2	40	14·7	55	2	37	34·5	55	2	34	59·5
60	2	54	48·8	60	2	51	54·0	60	2	49	4·9
65	3	9	22·9	65	3	6	13·5	65	3	3	10·3
70	3	23	57·0	70	3	20	33·0	70	3	17	15·7
75	3	38	31·0	75	3	34	52·5	75	3	31	21·2
80	3	53	5·1	80	3	49	12·0	80	3	45	26·6
85	4	7	39·2	85	4	3	31·5	85	3	59	32·0
90	4	22	13·2	90	4	17	51·0	90	4	13	37·4
95	4	36	47·3	95	4	32	10·5	95	4	27	42·8
100	4	51	21·4	100	4	46	30·0	100	4	41	48·2

R = 620.   R = 630.   R = 640.

a	∡ ω 0	′	″	a	∡ ω 0	′	″	a	∡ ω 0	′	″
0·1	0	0	16·6	0·1	0	0	16·4	0·1	0	0	16·1
0·2	0	0	33·3	0·2	0	0	32·7	0·2	0	0	32·2
0·3	0	0	49·9	0·3	0	0	49·1	0·3	0	0	48·3
0·4	0	1	6·5	0·4	0	1	5·5	0·4	0	1	4·5
0·5	0	1	23·1	0·5	0	1	21·9	0·5	0	1	20·6
0·6	0	1	39·8	0·6	0	1	38·2	0·6	0	1	36·7
0·7	0	1	56·4	0·7	0	1	54·6	0·7	0	1	52·8
0·8	0	2	13·1	0·8	0	2	11·0	0·8	0	2	8·9
0·9	0	2	29·7	0·9	0	2	27·3	0·9	0	2	25·0
1	0	2	46·4	1	0	2	43·7	1	0	2	41·2
2	0	5	32·7	2	0	5	27·4	2	0	5	22·3
3	0	8	19·1	3	0	8	11·1	3	0	8	3·5
4	0	11	5·4	4	0	10	54·9	4	0	10	44·6
5	0	13	51·8	5	0	13	38·6	5	0	13	25·8
6	0	16	38·1	6	0	16	22·3	6	0	16	6·9
7	0	19	24·5	7	0	19	6·0	7	0	18	48·1
8	0	22	10·8	8	0	21	49·7	8	0	21	29·3
9	0	24	57·2	9	0	24	33·4	9	0	24	10 5
10	0	27	43·5	10	0	27	17·1	10	0	26	51·6
15	0	41	35·3	15	0	40	55·7	15	0	40	17·4
20	0	55	27·1	20	0	54	34·3	20	0	53	43·1
25	1	9	18·9	25	1	8	12·9	25	1	7	8·9
30	1	23	10·6	30	1	21	51·4	30	1	20	34·7
35	1	37	2·4	35	1	35	30·0	35	1	34	0·5
40	1	50	54·2	40	1	49	8·6	40	1	47	26·3
45	2	4	46·0	45	2	2	47·1	45	2	0	52·1
50	2	18	37·7	50	2	16	25·7	50	2	14	17·9
55	2	32	29·5	55	2	30	4·3	55	2	27	43·7
60	2	46	21·3	60	2	43	42·8	60	2	41	9·4
65	3	0	13·1	65	2	57	21·4	65	2	54	35·2
70	3	14	4·8	70	3	11	0·0	70	3	8	1·0
75	3	27	56·6	75	3	24	38·6	75	3	21	26·8
80	3	41	48·4	80	3	38	17 1	80	3	34	52·5
85	3	55	40·2	85	3	51	55·7	85	3	48	18·3
90	4	9	31·9	90	4	5	34·3	90	4	1	44·1
95	4	23	23·7	95	4	19	12·8	95	4	15	9·9
100	4	37	15·5	100	4	32	51·4	100	4	28	35·6

R = 650.   R = 660.   R = 670.

a	∠ ω °	′	″	a	∠ ω °	′	″	a	∠ ω °	′	″
0·1	0	0	15·9	0·1	0	0	15·6	0·1	0	0	15·4
0·2	0	0	31·7	0·2	0	0	31·3	0·2	0	0	30·8
0·3	0	0	47·6	0·3	0	0	46·9	0·3	0	0	46·2
0·4	0	1	3·5	0·4	0	1	2·5	0·4	0	1	1·6
0·5	0	1	19·3	0·5	0	1	18·1	0·5	0	1	17·0
0·6	0	1	35 2	0·6	0	1	33·8	0·6	0	1	32·4
0·7	0	1	51·1	0·7	0	1	49·4	0·7	0	1	47·8
0·8	0	2	6·9	0·8	0	2	5·0	0·8	0	2	3·2
0·9	0	2	22·8	0·9	0	2	20·6	0·9	0	2	18·5
1	0	2	38·7	1	0	2	36·3	1	0	2	33·9
2	0	5	17·4	2	0	5	12·5	2	0	5	7·9
3	0	7	56·0	3	0	7	48·8	3	0	7	41·8
4	0	10	34·7	4	0	10	25·1	4	0	10	15·8
5	0	13	13·4	5	0	13	1·4	5	0	12	49·7
6	0	15	52·1	6	0	15	37·6	6	0	15	23·6
7	0	18	30·7	7	0	18	13·9	7	0	17	57·6
8	0	21	9·4	8	0	20	50·2	8	0	20	31·5
9	0	23	48·1	9	0	23	26·5	9	0	23	5·5
10	0	26	26·8	10	0	26	2·7	10	0	25	39·4
15	0	39	40·2	15	0	39	4·1	15	0	38	29·1
20	0	52	53·5	20	0	52	5·5	20	0	51	18·8
25	1	6	6·9	25	1	5	6·9	25	1	4	8·5
30	1	19	20·3	30	1	18	8·2	30	1	16	58·2
35	1	32	33·7	35	1	31	9·6	35	1	29	47·9
40	1	45	47·1	40	1	44	10·9	40	1	42	37·6
45	1	59	0·5	45	1	57	12 3	45	1	55	27·3
50	2	12	13·9	50	2	10	13·6	50	2	8	17·0
55	2	25	27·2	55	2	23	15·0	55	2	21	6·7
60	2	38	40·6	60	2	36	16·4	60	2	33	56·4
65	2	51	54·0	65	2	49	17·8	65	2	46	46·1
70	3	5	7·4	70	3	2	19 1	70	2	59	35·8
75	3	18	20·8	75	3	15	20·5	75	3	12	25·5
80	3	31	34·2	80	3	28	21·8	80	3	25	15·2
85	3	44	47·5	85	3	41	23·2	85	3	38	4·9
90	3	58	0·9	90	3	54	24·5	90	3	50	54·6
95	4	11	14·3	95	4	7	25·9	95	4	3	44·3
100	4	24	27·7	100	4	20	27·3	100	4	16	34·0

R = 680.　　R = 690.　　R = 700.

a	∠ω 0	′	″	a	∠ω 0	′	″	a	∠ω 0	′	″
0·1	0	0	15·2	0·1	0	0	14·9	0·1	0	0	14·7
0·2	0	0	30·3	0·2	0	0	29·9	0·2	0	0	29·5
0·3	0	0	45·5	0·3	0	0	44·8	0·3	0	0	44·2
0·4	0	1	0·7	0·4	0	0	59·8	0·4	0	0	58·9
0·5	0	1	15·9	0·5	0	1	14·7	0·5	0	1	13·7
0·6	0	1	31·0	0·6	0	1	29·7	0·6	0	1	28·4
0·7	0	1	46·2	0·7	0	1	44·6	0·7	0	1	43·1
0·8	0	2	1·3	0·8	0	1	59·6	0·8	0	1	57·9
0·9	0	2	16·5	0·9	0	2	14·5	0·9	0	2	12·6
1	0	2	31·7	1	0	2	29·5	1	0	2	27·3
2	0	5	3·4	2	0	4	59·0	2	0	4	54·7
3	0	7	35·1	3	0	7	28·4	3	0	7	22·0
4	0	10	6·7	4	0	9	57·9	4	0	9	49·4
5	0	12	38·4	5	0	12	27·4	5	0	12	16·7
6	0	15	10·1	6	0	14	56·9	6	0	14	44·1
7	0	17	41·8	7	0	17	26·4	7	0	17	11·4
8	0	20	13·4	8	0	19	55·9	8	0	19	38·7
9	0	22	45·1	9	0	22	25·3	9	0	22	6·1
10	0	25	16·8	10	0	24	54·8	10	0	24	33·4
15	0	37	55·2	15	0	37	22·1	15	0	36	50·1
20	0	50	33·5	20	0	49	49·5	20	0	49	6·9
25	1	3	11·9	25	1	2	16·9	25	1	1	23·6
30	1	15	50·3	30	1	14	44·3	30	1	13	40·3
35	1	28	28·7	35	1	27	11·7	35	1	25	57·0
40	1	41	7·1	40	1	39	39·1	40	1	38	13·7
45	1	53	45·5	45	1	52	6·5	45	1	50	30·4
50	2	6	23·8	50	2	4	33·9	50	2	2	47·1
55	2	19	2·3	55	2	17	1·3	55	2	15	3·8
60	2	31	40·6	60	2	29	28·7	60	2	27	20·6
65	2	44	19·0	65	2	41	56·1	65	2	39	37·3
70	2	56	57·4	70	2	54	23·5	70	2	51	54·0
75	3	9	35·8	75	3	6	50·8	75	3	4	10·7
80	3	22	14·1	80	3	19	18·2	80	3	16	27·4
85	3	34	52·5	85	3	31	45·6	85	3	28	44·1
90	3	47	30·9	90	3	44	13·0	90	3	41	0·8
95	4	0	9·3	95	3	56	40·4	95	3	53	17·5
100	4	12	47·6	100	4	9	7·8	100	4	5	34·3

R = 710.

a	∠ ω		
	0	′	″
0·1	0	0	14.5
0·2	0	0	29·1
0·3	0	0	43·6
0·4	0	0	58·1
0·5	0	1	12·6
0·6	0	1	27·2
0·7	0	1	41·7
0·8	0	1	56·2
0·9	0	2	10·7
1	0	2	25·3
2	0	4	50·5
3	0	7	15·8
4	0	9	41·1
5	0	12	6·3
6	0	14	31·6
7	0	16	56·9
8	0	19	22·1
9	0	21	47·4
10	0	24	12·7
15	0	36	19·0
20	0	48	25·4
25	1	0	31·7
30	1	12	38·0
35	1	24	44·4
40	1	36	50·7
45	1	48	57·0
50	2	1	3·4
55	2	13	9·7
60	2	25	16·1
65	2	37	22·4
70	2	49	28·7
75	3	1	35·1
80	3	13	41·4
85	3	25	47·7
90	3	37	54·1
95	3	50	0·4
100	4	2	6·8

R = 720.

a	∠ ω		
	0	′	″
0·1	0	0	14·3
0·2	0	0	28·7
0·3	0	0	43·0
0·4	0	0	57·3
0·5	0	1	11·6
0·6	0	1	26·0
0·7	0	1	40·3
0·8	0	1	54·6
0·9	0	2	9·0
1	0	2	23·3
2	0	4	46·5
3	0	7	9·8
4	0	9	33·0
5	0	11	56·3
6	0	14	19·5
7	0	16	42·8
8	0	19	6·0
9	0	21	29·3
10	0	23	52·5
15	0	35	48·8
20	0	47	45·0
25	0	59	41·3
30	1	11	37·5
35	1	23	33·8
40	1	35	30·0
45	1	47	26·3
50	1	59	22·5
55	2	11	18·8
60	2	23	15·0
65	2	35	11·3
70	2	47	7·5
75	2	59	3·8
80	3	11	0·0
85	3	22	56·3
90	3	34	52·5
95	3	46	48·8
100	3	58	45·0

R = 730.

a	∠ ω		
	0	′	″
0 1	0	0	14·1
0·2	0	0	28·3
0·3	0	0	42·4
0·4	0	0	56·5
0·5	0	1	10·6
0·6	0	1	24 8
0·7	0	1	38·9
0·8	0	1	53·0
0·9	0	2	7·2
1	0	2	21·3
2	0	4	42·6
3	0	7	3·9
4	0	9	25·2
5	0	11	46·4
6	0	14	7·7
7	0	16	29·0
8	0	18	50·3
9	0	21	11·6
10	0	23	32·9
15	0	35	19·3
20	0	47	5·8
25	0	58	52·2
30	1	10	38·6
35	1	22	25·1
40	1	34	11·5
45	1	45	57·9
50	1	57	44·4
55	2	9	30·8
60	2	21	17·3
65	2	33	3·7
70	2	44	50·1
75	2	56	36·6
80	3	8	23·0
85	3	20	9·4
90	3	31	55·9
95	3	43	42·3
100	3	55	28·8

R = 740.   R = 750.   R = 760.

a	∡ω °	′	″	a	∡ω °	′	″	a	∡ω °	′	″
0·1	0	0	13·9	0·1	0	0	13·8	0·1	0	0	13·6
0·2	0	0	27·9	0·2	0	0	27·5	0·2	0	0	27·1
0·3	0	0	41·8	0·3	0	0	41·3	0·3	0	0	40·7
0·4	0	0	55·8	0·4	0	0	55·0	0·4	0	0	54·3
0·5	0	1	9·7	0·5	0	1	8·8	0·5	0	1	7·9
0·6	0	1	23·7	0·6	0	1	22·5	0·6	0	1	21·4
0·7	0	1	37·6	0·7	0	1	36·3	0·7	0	1	35·0
0·8	0	1	51·5	0·8	0	1	50·0	0·8	0	1	48·6
0·9	0	2	5·4	0·9	0	2	3·8	0·9	0	2	2·2
1	0	2	19·4	1	0	2	17·5	1	0	2	15·7
2	0	4	38·8	2	0	4	35·0	2	0	4	31·4
3	0	6	58·1	3	0	6	52·6	3	0	6	47·1
4	0	9	17·5	4	0	9	10·1	4	0	9	2·8
5	0	11	36·9	5	0	11	27·6	5	0	11	18·5
6	0	13	56·2	6	0	13	45·1	6	0	13	34·2
7	0	16	15·6	7	0	16	2·6	7	0	15	49·9
8	0	18	35·0	8	0	18	20·1	8	0	18	5·7
9	0	20	54·4	9	0	20	37·7	9	0	20	21·4
10	0	23	13·8	10	0	22	55·2	10	0	22	37·1
15	0	34	50·7	15	0	34	22·8	15	0	33	55·6
20	0	46	27·6	20	0	45	50·4	20	0	45	14·2
25	0	58	4·5	25	0	57	18·0	25	0	56	32·7
30	1	9	41·4	30	1	8	45·6	30	1	7	51·3
35	1	21	18·3	35	1	20	13·2	35	1	19	9·8
40	1	32	55·1	40	1	31	40·8	40	1	30	28·4
45	1	44	32·0	45	1	43	8·4	45	1	41	46·9
50	1	56	8·9	50	1	54	36·0	50	1	53	5·5
55	2	7	45·8	55	2	6	3·6	55	2	4	24·0
60	2	19	22·7	60	2	17	31·2	60	2	15	42·6
65	2	30	59·6	65	2	28	58·8	65	2	27	1·1
70	2	42	36·5	70	2	40	26·4	70	2	38	19·7
75	2	54	13·4	75	2	51	54·0	75	2	49	38·2
80	3	5	50·3	80	3	3	21·6	80	3	0	56·8
85	3	17	27·2	85	3	14	49·2	85	3	12	15·3
90	3	29	4·1	90	3	26	16·8	90	3	23	33·9
95	3	40	41·0	95	3	37	44·4	95	3	34	52·5
100	3	52	17·8	100	3	49	12·0	100	3	46	11·1

<table>
<tr><th colspan="4">R = 770.</th><th colspan="4">R = 780.</th><th colspan="4">R = 790.</th></tr>
<tr><th rowspan="2">a</th><th colspan="3">∠ ω</th><th rowspan="2">a</th><th colspan="3">∠ ω</th><th rowspan="2">a</th><th colspan="3">∠ ω</th></tr>
<tr><th>0</th><th>'</th><th>"</th><th>0</th><th>'</th><th>"</th><th>0</th><th>'</th><th>"</th></tr>
<tr><td>0·1</td><td>0</td><td>0</td><td>13·4</td><td>0·1</td><td>0</td><td>0</td><td>13·2</td><td>0·1</td><td>0</td><td>0</td><td>13·1</td></tr>
<tr><td>0·2</td><td>0</td><td>0</td><td>26·8</td><td>0·2</td><td>0</td><td>0</td><td>26·4</td><td>0·2</td><td>0</td><td>0</td><td>26·1</td></tr>
<tr><td>0·3</td><td>0</td><td>0</td><td>40·2</td><td>0·3</td><td>0</td><td>0</td><td>39·7</td><td>0·3</td><td>0</td><td>0</td><td>39·2</td></tr>
<tr><td>0·4</td><td>0</td><td>0</td><td>53·6</td><td>0·4</td><td>0</td><td>0</td><td>52·9</td><td>0·4</td><td>0</td><td>0</td><td>52·2</td></tr>
<tr><td>0·5</td><td>0</td><td>1</td><td>7·0</td><td>0·5</td><td>0</td><td>1</td><td>6·1</td><td>0·5</td><td>0</td><td>1</td><td>5·3</td></tr>
<tr><td>0·6</td><td>0</td><td>1</td><td>20·4</td><td>0·6</td><td>0</td><td>1</td><td>19·3</td><td>0·6</td><td>0</td><td>1</td><td>18·3</td></tr>
<tr><td>0·7</td><td>0</td><td>1</td><td>33·8</td><td>0·7</td><td>0</td><td>1</td><td>32·5</td><td>0·7</td><td>0</td><td>1</td><td>31·4</td></tr>
<tr><td>0·8</td><td>0</td><td>1</td><td>47·2</td><td>0·8</td><td>0</td><td>1</td><td>45·8</td><td>0·8</td><td>0</td><td>1</td><td>44·4</td></tr>
<tr><td>0·9</td><td>0</td><td>2</td><td>0·6</td><td>0·9</td><td>0</td><td>1</td><td>59·0</td><td>0·9</td><td>0</td><td>1</td><td>57·5</td></tr>
<tr><td>1</td><td>0</td><td>2</td><td>14·0</td><td>1</td><td>0</td><td>2</td><td>12·2</td><td>1</td><td>0</td><td>2</td><td>10·6</td></tr>
<tr><td>2</td><td>0</td><td>4</td><td>27·9</td><td>2</td><td>0</td><td>4</td><td>24·5</td><td>2</td><td>0</td><td>4</td><td>21·1</td></tr>
<tr><td>3</td><td>0</td><td>6</td><td>41·8</td><td>3</td><td>0</td><td>6</td><td>36·7</td><td>3</td><td>0</td><td>6</td><td>31·7</td></tr>
<tr><td>4</td><td>0</td><td>8</td><td>55·8</td><td>4</td><td>0</td><td>8</td><td>48·9</td><td>4</td><td>0</td><td>8</td><td>42·2</td></tr>
<tr><td>5</td><td>0</td><td>11</td><td>9·7</td><td>5</td><td>0</td><td>11</td><td>1·2</td><td>5</td><td>0</td><td>10</td><td>52·8</td></tr>
<tr><td>6</td><td>0</td><td>13</td><td>23·7</td><td>6</td><td>0</td><td>13</td><td>13·4</td><td>6</td><td>0</td><td>13</td><td>3·3</td></tr>
<tr><td>7</td><td>0</td><td>15</td><td>37·6</td><td>7</td><td>0</td><td>15</td><td>25·6</td><td>7</td><td>0</td><td>15</td><td>13·9</td></tr>
<tr><td>8</td><td>0</td><td>17</td><td>51·6</td><td>8</td><td>0</td><td>17</td><td>37·8</td><td>8</td><td>0</td><td>17</td><td>24·5</td></tr>
<tr><td>9</td><td>0</td><td>20</td><td>5·5</td><td>9</td><td>0</td><td>19</td><td>50·1</td><td>9</td><td>0</td><td>19</td><td>35·0</td></tr>
<tr><td>10</td><td>0</td><td>22</td><td>19·5</td><td>10</td><td>0</td><td>22</td><td>2·3</td><td>10</td><td>0</td><td>21</td><td>45·6</td></tr>
<tr><td>15</td><td>0</td><td>33</td><td>29·2</td><td>15</td><td>0</td><td>33</td><td>3·5</td><td>15</td><td>0</td><td>32</td><td>38·4</td></tr>
<tr><td>20</td><td>0</td><td>44</td><td>39·0</td><td>20</td><td>0</td><td>44</td><td>4·6</td><td>20</td><td>0</td><td>43</td><td>31·1</td></tr>
<tr><td>25</td><td>0</td><td>55</td><td>48·7</td><td>25</td><td>0</td><td>55</td><td>5·8</td><td>25</td><td>0</td><td>54</td><td>23·9</td></tr>
<tr><td>30</td><td>1</td><td>6</td><td>58·4</td><td>30</td><td>1</td><td>6</td><td>6·9</td><td>30</td><td>1</td><td>5</td><td>16·7</td></tr>
<tr><td>35</td><td>1</td><td>18</td><td>8·2</td><td>35</td><td>1</td><td>17</td><td>8·1</td><td>35</td><td>1</td><td>16</td><td>9·5</td></tr>
<tr><td>40</td><td>1</td><td>29</td><td>17·9</td><td>40</td><td>1</td><td>28</td><td>9·2</td><td>40</td><td>1</td><td>27</td><td>2·3</td></tr>
<tr><td>45</td><td>1</td><td>40</td><td>27·7</td><td>45</td><td>1</td><td>39</td><td>10·4</td><td>45</td><td>1</td><td>37</td><td>55·1</td></tr>
<tr><td>50</td><td>1</td><td>51</td><td>37·4</td><td>50</td><td>1</td><td>50</td><td>11·5</td><td>50</td><td>1</td><td>48</td><td>47·9</td></tr>
<tr><td>55</td><td>2</td><td>2</td><td>47·1</td><td>55</td><td>2</td><td>1</td><td>12·7</td><td>55</td><td>1</td><td>59</td><td>40·6</td></tr>
<tr><td>60</td><td>2</td><td>13</td><td>56·9</td><td>60</td><td>2</td><td>12</td><td>13·8</td><td>60</td><td>2</td><td>10</td><td>33·4</td></tr>
<tr><td>65</td><td>2</td><td>25</td><td>6·6</td><td>65</td><td>2</td><td>23</td><td>15·0</td><td>65</td><td>2</td><td>21</td><td>26·2</td></tr>
<tr><td>70</td><td>2</td><td>36</td><td>16·4</td><td>70</td><td>2</td><td>34</td><td>16·1</td><td>70</td><td>2</td><td>32</td><td>19·0</td></tr>
<tr><td>75</td><td>2</td><td>47</td><td>26·1</td><td>75</td><td>2</td><td>45</td><td>17·3</td><td>75</td><td>2</td><td>43</td><td>11·8</td></tr>
<tr><td>80</td><td>2</td><td>58</td><td>35·8</td><td>80</td><td>2</td><td>56</td><td>18·5</td><td>80</td><td>2</td><td>54</td><td>4·6</td></tr>
<tr><td>85</td><td>3</td><td>9</td><td>45·6</td><td>85</td><td>3</td><td>7</td><td>19·7</td><td>85</td><td>3</td><td>4</td><td>57·3</td></tr>
<tr><td>90</td><td>3</td><td>20</td><td>55·3</td><td>90</td><td>3</td><td>18</td><td>20·8</td><td>90</td><td>3</td><td>15</td><td>50·1</td></tr>
<tr><td>95</td><td>3</td><td>32</td><td>5·1</td><td>95</td><td>3</td><td>29</td><td>22·0</td><td>95</td><td>3</td><td>26</td><td>42·9</td></tr>
<tr><td>100</td><td>3</td><td>43</td><td>14·8</td><td>100</td><td>3</td><td>40</td><td>23·1</td><td>100</td><td>3</td><td>37</td><td>35·7</td></tr>
</table>

R = 800.				R = 810.				R = 820.			
a	∠ ω °	′	″	a	∠ ω °	′	″	a	∠ ω °	′	″
0·1	0	0	12·9	0·1	0	0	12·7	0·1	0	0	12·6
0·2	0	0	25·8	0·2	0	0	25·4	0·2	0	0	25·2
0·3	0	0	38·7	0·3	0	0	38·2	0·3	0	0	37·8
0·4	0	0	51·6	0·4	0	0	50·9	0·4	0	0	50·3
0·5	0	1	4·5	0·5	0	1	3·6	0·5	0	1	2·9
0·6	0	1	17·4	0·6	0	1	16·4	0·6	0	1	15·5
0·7	0	1	30·3	0·7	0	1	29·1	0·7	0	1	28·1
0·8	0	1	43·1	0·8	0	1	41·8	0·8	0	1	40·6
0·9	0	1	56·0	0·9	0	1	54·6	0·9	0	1	53·2
1	0	2	8·9	1	0	2	7·3	1	0	2	5·8
2	0	4	17·9	2	0	4	14·7	2	0	4	11·6
3	0	6	26·8	3	0	6	22·0	3	0	6	17·4
4	0	8	35·7	4	0	8	29·3	4	0	8	23·1
5	0	10	44·6	5	0	10	36·7	5	0	10	28·9
6	0	12	53·6	6	0	12	44·0	6	0	12	34·7
7	0	15	2·5	7	0	14	51·3	7	0	14	40·5
8	0	17	11·4	8	0	16	58·7	8	0	16	46·2
9	0	19	20·3	9	0	19	6·0	9	0	18	52·0
10	0	21	29·3	10	0	21	13·3	10	0	20	57·8
15	0	32	13·9	15	0	31	50·0	15	0	31	26·7
20	0	42	58·5	20	0	42	26·7	20	0	41	55·6
25	0	53	43·1	25	0	53	3·3	25	0	52	24·5
30	1	4	27·8	30	1	3	40·0	30	1	2	53·4
35	1	15	12·4	35	1	14	16·7	35	1	13	22·3
40	1	25	57·0	40	1	24	53·3	40	1	23	51·2
45	1	36	41·6	45	1	35	30·0	45	1	34	20·1
50	1	47	26·3	50	1	46	6·7	50	1	44	49·0
55	1	58	10·9	55	1	56	43·3	55	1	55	17·9
60	2	8	55·5	60	2	7	20·0	60	2	5	46·8
65	2	19	40·1	65	2	17	56·7	65	2	16	15·7
70	2	30	24·8	70	2	28	33·3	70	2	26	44·6
75	2	41	9·4	75	2	39	10·0	75	2	37	13·5
80	2	51	54·0	80	2	49	46·7	80	2	47	42·4
85	3	2	38·6	85	3	0	23·3	85	2	58	11·3
90	3	13	23·3	90	3	11	0·0	90	3	8	40·2
95	3	24	7·9	95	3	21	36·7	95	3	19	9·1
100	3	34	52·5	100	3	32	13·3	100	3	29	38·0

R = 830. R = 840. R = 850.

a	∠ω °	'	''	a	∠ω °	'	''	a	∠ω °	'	''
0·1	0	0	12·4	0·1	0	0	12·3	0·1	0	0	12·1
0·2	0	0	24·9	0·2	0	0	24·6	0·2	0	0	24·3
0·3	0	0	37 3	0·3	0	0	36·8	0·3	0	0	36·4
0·4	0	0	49·7	0·4	0	0	49·1	0·4	0	0	48·5
0·5	0	1	2·1	0·5	0	1	1·4	0·5	0	1	0·7
0·6	0	1	14·6	0·6	0	1	13·7	0·6	0	1	12·8
0·7	0	1	27·0	0·7	0	1	26·0	0·7	0	1	24·9
0·8	0	1	39·4	0·8	0	1	38·2	0·8	0	1	37·1
0·9	0	1	51·8	0·9	0	1	50·5	0·9	0	1	49·2
1	0	2	4·3	1	0	2	2·8	1	0	2	1·3
2	0	4	8·5	2	0	4	5·6	2	0	4	2·7
3	0	6	12·8	3	0	6	8·4	3	0	6	4·0
4	0	8	17·1	4	0	8	11·1	4	0	8	5·4
5	0	10	21·3	5	0	10	13·9	5	0	10	6·7
6	0	12	25·6	6	0	12	16·7	6	0	12	8·0
7	0	14	29·9	7	0	14	19·5	7	0	14	9·4
8	0	16	34·1	8	0	16	22·3	8	0	16	10·7
9	0	18	38·4	9	0	18	25·1	9	0	18	12·1
10	0	20	42·7	10	0	20	27·9	10	0	20	13·4
15	0	31	4·0	15	0	30	41·8	15	0	30	20·1
20	0	41	25·3	20	0	40	55·7	20	0	40	26·8
25	0	51	46·6	25	0	51	9·6	25	0	50	33·5
30	1	2	8·0	30	1	1	23·6	30	1	0	40·2
35	1	12	29·3	35	1	11	37·5	35	1	10	46·9
40	1	22	50·6	40	1	21	51·5	40	1	20	53·6
45	1	33	11·9	45	1	32	5·4	45	1	31	0·4
50	1	43	33·3	50	1	42	19·4	50	1	41	7·1
55	1	53	54·6	55	1	52	33·3	55	1	51	13·8
60	2	4	15·9	60	2	2	47·2	60	2	1	20·5
65	2	14	37·2	65	2	13	1·1	65	2	11	27·2
70	2	24	58·6	70	2	23	15·1	70	2	21	33·9
75	2	35	19·9	75	2	33	28·9	75	2	31	40·6
80	2	45	41·2	80	2	43	42·9	80	2	41	47·3
85	2	56	2·5	85	2	53	56·8	85	2	51	54·0
90	3	6	23·9	90	3	4	10·8	90	3	2	0·7
95	3	16	45·2	95	3	14	24·7	95	3	12	7·4
100	3	27	6·5	100	3	24	38·6	100	3	22	14·1

R = 860.   R = 870.   R = 880.

a	∡ω °	'	"	a	∡ω °	'	"	a	∡ω °	'	"
0·1	0	0	12·0	0·1	0	0	11·9	0·1	0	0	11·7
0·2	0	0	24·0	0·2	0	0	23·7	0·2	0	0	23·4
0·3	0	0	36·0	0·3	0	0	35·6	0·3	0	0	35·1
0·4	0	0	48·0	0·4	0	0	47·4	0·4	0	0	46·9
0·5	0	1	0·0	0·5	0	0	59·3	0·5	0	0	58·6
0·6	0	1	12·0	0·6	0	1	11·1	0·6	0	1	10·3
0·7	0	1	24·0	0·7	0	1	23·0	0·7	0	1	22·0
0·8	0	1	35·9	0·8	0	1	34·8	0·8	0	1	33·8
0·9	0	1	47·9	0·9	0	1	46·7	0·9	0	1	45·5
1	0	1	59·9	1	0	1	58·6	1	0	1	57·2
2	0	3	59·9	2	0	3	57·1	2	0	3	54·4
3	0	5	59·8	3	0	5	55·7	3	0	5	51·6
4	0	7	59·7	4	0	7	54·2	4	0	7	48·8
5	0	9	59·7	5	0	9	52·8	5	0	9	46·0
6	0	11	59·6	6	0	11	51·3	6	0	11	43·2
7	0	13	59·5	7	0	13	49·9	7	0	13	40·4
8	0	15	59·5	8	0	15	48·4	8	0	15	37·6
9	0	17	59·4	9	0	17	47·0	9	0	17	34·8
10	0	19	59·3	10	0	19	45·5	10	0	19	32·0
15	0	29	59·0	15	0	29	38·3	15	0	29	18·1
20	0	39	58·3	20	0	39	31·0	20	0	39	4·1
25	0	49	58·6	25	0	49	23·8	25	0	48	50·1
30	0	59	57·9	30	0	59	16·6	30	0	58	36·1
35	1	9	57·6	35	1	9	9·3	35	1	8	22·2
40	1	19	57·3	40	1	19	2·1	40	1	18	8·2
45	1	29	57·0	45	1	28	54·8	45	1	27	54·2
50	1	39	56·6	50	1	38	47·6	50	1	37	40·2
55	1	49	56·3	55	1	48	40·3	55	1	47	26·2
60	1	59	55·9	60	1	58	33·1	60	1	57	12·3
65	2	9	55·6	65	2	8	25·9	65	2	6	58·3
70	2	19	55·2	70	2	18	18·6	70	2	16	44·3
75	2	29	54·9	75	2	28	11·4	75	2	26	30·3
80	2	39	54·5	80	2	38	4·1	80	2	36	16·4
85	2	49	54·2	85	2	47	56·9	85	2	46	2·4
90	2	59	53·8	90	2	57	49·7	90	2	55	48·4
95	3	9	53·4	95	3	7	42·4	95	3	5	34·4
100	3	19	53·0	100	3	17	35·2	100	3	15	20·5

R = 890. **R = 900.** **R = 910.**

a	∠ω 0	'	''	a	∠ω 0	'	''	a	∠ω 0	'	''
0·1	0	0	11·6	0·1	0	0	11·5	0·1	0	0	11·3
0·2	0	0	23·2	0·2	0	0	22·9	0·2	0	0	22·7
0·3	0	0	34·8	0·3	0	0	34·4	0·3	0	0	34·0
0·4	0	0	46·4	0·4	0	0	45·8	0·4	0	0	45·3
0·5	0	0	57·9	0·5	0	0	57·3	0·5	0	0	56·7
0·6	0	1	9·5	0·6	0	1	8·8	0·6	0	1	8·0
0·7	0	1	21·1	0·7	0	1	20·3	0·7	0	1	19·3
0·8	0	1	32·7	0·8	0	1	31·7	0·8	0	1	30·7
0·9	0	1	44·3	0·9	0	1	43·2	0·9	0	1	42·0
1	0	1	55·9	1	0	1	54·6	1	0	1	53·3
2	0	3	51·8	2	0	3	49·2	2	0	3	46·7
3	0	5	47·7	3	0	5	43·8	3	0	5	40·0
4	0	7	43·6	4	0	7	38·4	4	0	7	33·4
5	0	9	39·4	5	0	9	33·0	5	0	9	26·7
6	0	11	35·3	6	0	11	27·6	6	0	11	20·0
7	0	13	31·2	7	0	13	22·2	7	0	13	13·4
8	0	15	27·1	8	0	15	16·8	8	0	15	6·7
9	0	17	23·0	9	0	17	11·4	9	0	17	0·1
10	0	19	18·9	10	0	19	6·0	10	0	18	53·4
15	0	28	58·3	15	0	28	39·0	15	0	28	20·1
20	0	38	37·8	20	0	38	12·0	20	0	37	46·8
25	0	48	17·2	25	0	47	45·0	25	0	47	13·5
30	0	57	56·6	30	0	57	18·0	30	0	56	40·2
35	1	7	36·1	35	1	6	51·0	35	1	6	6·9
40	1	17	15·5	40	1	16	24·0	40	1	15	33·6
45	1	26	54·9	45	1	25	57·0	45	1	25	0·3
50	1	36	34·4	50	1	35	30·0	50	1	34	27·0
55	1	46	13·8	55	1	45	3·0	55	1	43	53·7
60	1	55	53·3	60	1	54	36·0	60	1	53	20·4
65	2	5	32·7	65	2	4	9·0	65	2	2	47·1
70	2	15	12·1	70	2	13	42·0	70	2	12	13·8
75	2	24	51·6	75	2	23	15·0	75	2	21	40·5
80	2	34	31·0	80	2	32	48·0	80	2	31	7·2
85	2	44	10·4	85	2	42	21·0	85	2	40	34·0
90	2	53	49·9	90	2	51	54·0	90	2	50	0·7
95	3	3	29·3	95	3	1	27·0	95	2	59	27·3
100	3	13	8·8	100	3	11	0·0	100	3	8	54·1

R = 920. **R = 930.** **R = 940.**

a	∠ω 0	'	''	a	∠ω 0	'	''	a	∠ω 0	'	''
0·1	0	0	11·2	0·1	0	0	11·1	0·1	0	0	11·0
0·2	0	0	22·4	0·2	0	0	22·2	0·2	0	0	21·9
0·3	0	0	33·6	0·3	0	0	33·3	0·3	0	0	32·9
0·4	0	0	44·8	0·4	0	0	44·4	0·4	0	0	43·9
0·5	0	0	56·0	0·5	0	0	55·5	0·5	0	0	54·9
0·6	0	1	7·2	0·6	0	1	6·5	0·6	0	1	5·8
0·7	0	1	18·5	0·7	0	1	17·6	0·7	0	1	16·8
0·8	0	1	29·7	0·8	0	1	28·7	0·8	0	1	27·8
0·9	0	1	40·9	0·9	0	1	39·8	0·9	0	1	38·8
1	0	1	52·1	1	0	1	50·9	1	0	1	49·7
2	0	3	44·2	2	0	3	41·8	2	0	3	39·4
3	0	5	36·3	3	0	5	32·7	3	0	5	29·2
4	0	7	28·4	4	0	7	23·6	4	0	7	18·9
5	0	9	20·5	5	0	9	14·5	5	0	9	8·6
6	0	11	12·6	6	0	11	5·4	6	0	10	58·3
7	0	13	4·8	7	0	12	56·3	7	0	12	48·1
8	0	14	56·9	8	0	14	47·2	8	0	14	37·8
9	0	16	49·0	9	0	16	38·1	9	0	16	27·5
10	0	18	41·1	10	0	18	29·0	10	0	18	17·2
15	0	28	1·6	15	0	27	43·5	15	0	27	25·9
20	0	37	22·1	20	0	36	58·1	20	0	36	34·5
25	0	46	42·7	25	0	46	12·6	25	0	45	43·1
30	0	56	3·2	30	0	55	27·1	30	0	54	51·7
35	1	5	23·8	35	1	4	41·6	35	1	4	0·3
40	1	14	44·3	40	1	13	56·1	40	1	13	8·9
45	1	24	4·9	45	1	23	10·6	45	1	22	17·6
50	1	33	25·4	50	1	32	25·2	50	1	31	26·2
55	1	42	46·0	55	1	41	39·7	55	1	40	34·8
60	1	52	6·5	60	1	50	54·2	60	1	49	43·4
65	2	1	27·1	65	2	0	8·7	65	1	58	52·0
70	2	10	47·6	70	2	9	23·2	70	2	8	0·6
75	2	20	8·2	75	2	18	37·7	75	2	17	9·3
80	2	29	28·7	80	2	27	52·3	80	2	26	17·9
85	2	38	49·3	85	2	37	6·8	85	2	35	26·5
90	2	48	9·8	90	2	46	21·3	90	2	44	35·1
95	2	57	30·4	95	2	55	35·8	95	2	53	43·7
100	3	6	50·9	100	3	4	50·3	100	3	2	52·3

R = 950.   R = 960.   R = 970.

a	R = 950 ∠ω			a	R = 960 ∠ω			a	R = 970 ∠ω		
	°	′	″		°	′	″		°	′	″
0·1	0	0	10·9	0·1	0	0	10·7	0·1	0	0	10·6
0·2	0	0	21·7	0·2	0	0	21·5	0·2	0	0	21·3
0·3	0	0	32·6	0·3	0	0	32·2	0·3	0	0	31·9
0·4	0	0	43·4	0·4	0	0	43·0	0·4	0	0	42·5
0·5	0	0	54·3	0·5	0	0	53·7	0·5	0	0	53·2
0·6	0	1	5·1	0·6	0	1	4·5	0·6	0	1	3·8
0·7	0	1	16·0	0·7	0	1	15·2	0·7	0	1	14·4
0·8	0	1	26·9	0·8	0	1	26·0	0·8	0	1	25·1
0·9	0	1	37·7	0·9	0	1	36·7	0·9	0	1	35·7
1	0	1	48·6	1	0	1	47·4	1	0	1	46·3
2	0	3	37·1	2	0	3	34·9	2	0	3	32·7
3	0	5	25·7	3	0	5	22·3	3	0	5	19·0
4	0	7	14·3	4	0	7	9·8	4	0	7	5·3
5	0	9	2·8	5	0	8	57·2	5	0	8	51·7
6	0	10	51·4	6	0	10	44·6	6	0	10	38·0
7	0	12	40·0	7	0	12	32·1	7	0	12	24·3
8	0	14	28·5	8	0	14	19·5	8	0	14	10·6
9	0	16	17·1	9	0	16	6·9	9	0	15	57·0
10	0	18	5·7	10	0	17	54·4	10	0	17	43·3
15	0	27	8·5	15	0	26	51·6	15	0	26	35·0
20	0	36	11·4	20	0	35	48·8	20	0	35	26·6
25	0	45	14·2	25	0	44	45·9	25	0	44	18·3
30	0	54	17·1	30	0	53	43·1	30	0	53	9·9
35	1	3	19·9	35	1	2	40·3	35	1	2	1·6
40	1	12	22·7	40	1	11	37·5	40	1	10	53·2
45	1	21	25·6	45	1	20	34·7	45	1	19	44·9
50	1	30	28·4	50	1	29	31·9	50	1	28	36·5
55	1	39	31·3	55	1	38	29·1	55	1	37	28·2
60	1	48	34·1	60	1	47	26·3	60	1	46	19·8
65	1	57	36·9	65	1	56	23·4	65	1	55	11·5
70	2	6	39·8	70	2	5	20·6	70	2	4	3·1
75	2	15	42·6	75	2	14	17·8	75	2	12	54·8
80	2	24	45·5	80	2	23	15·0	80	2	21	46·4
85	2	33	48·3	85	2	32	12·2	85	2	30	38·1
90	2	42	51·2	90	2	41	9·4	90	2	39	29·7
95	2	51	54·0	95	2	50	6·6	95	2	48	21·4
100	3	0	56·8	100	2	59	3·8	100	2	57	13·0

R = 980.				**R = 990.**				**R = 1000.**			
a	∠ ω			a	∠ ω			a	∠ ω		
	0	′	″		0	′	″		0	′	″
0·1	0	0	10·5	0·1	0	0	10·4	0·1	0	0	10·3
0·2	0	0	21·0	0·2	0	0	20·8	0·2	0	0	20·6
0·3	0	0	31·5	0·3	0	0	31·3	0·3	0	0	30·9
0·4	0	0	42·1	0·4	0	0	41·7	0·4	0	0	41·3
0·5	0	0	52·6	0·5	0	0	52·1	0·5	0	0	51·6
0·6	0	1	3·1	0·6	0	1	2·5	0·6	0	1	1·9
0·7	0	1	13·6	0·7	0	1	12·9	0·7	0	1	12·2
0·8	0	1	24·2	0 8	0	1	23·3	0·8	0	1	22·5
0·9	0	1	34·7	0·9	0	1	33·8	0·9	0	1	32·8
1	0	1	45·2	1	0	1	44·2	1	0	1	43·1
2	0	3	30·5	2	0	3	28·4	2	0	3	26·3
3	0	5	15·7	3	0	5	12·5	3	0	5	9·4
4	0	7	1·0	4	0	6	56·7	4	0	6	52·6
5	0	8	46·2	5	0	8	41·0	5	0	8	35·7
6	0	10	31·5	6	0	10	25·1	6	0	10	18·9
7	0	12	16·7	7	0	12	9·3	7	0	12	2·0
8	0	14	2·0	8	0	13	53·5	8	0	13	45·1
9	0	15	47·2	9	0	15	37·6	9	0	15	28·2
10	0	17	32·5	10	0	17	21·8	10	0	17	11·4
15	0	26	18·7	15	0	26	2·7	15	0	25	47·1
20	0	35	4·9	20	0	34	43·6	20	0	34	22·8
25	0	43	51·1	25	0	43	24·5	25	0	42	58·5
30	0	52	37·3	30	0	52	5·5	30	0	51	34·2
35	1	1	23·6	35	1	0	46·4	35	1	0	9·9
40	1	10	9·8	40	1	9	27·3	40	1	8	45·6
45	1	18	56·0	45	1	18	8·2	45	1	17	21·3
50	1	27	42·3	50	1	26	49·1	50	1	25	57·0
55	1	36	28·5	55	1	35	30·0	55	1	34	32·7
60	1	45	14·7	60	1	44	10·9	60	1	43	8·4
65	1	54	0·9	65	1	52	51·8	65	1	51	44·1
70	2	2	47·2	70	2	1	32·7	70	2	0	19·8
75	2	11	33·4	75	2	10	13·6	75	2	8	55·5
80	2	20	19·6	80	2	18	54·5	80	2	17	31·2
85	2	29	5·8	85	2	27	35·5	85	2	26	6·9
90	2	37	52·1	90	2	36	16·4	90	2	34	42·6
95	2	46	38·3	95	2	44	57·3	95	2	43	18·3
100	2	55	24·5	100	2	53	38·2	100	2	51	54·0

R = 1200.　　　R = 1500.　　　R = 2000.

a	∠ω 0	′	″	a	∠ω 0	′	″	a	∠ω 0	′	″
0·1	0	0	8·6	0·1	0	0	6·9	0·1	0	0	5·2
0·2	0	0	17·2	0·2	0	0	13·8	0·2	0	0	10·3
0·3	0	0	25·8	0·3	0	0	20·6	0·3	0	0	15·5
0·4	0	0	34·4	0·4	0	0	27·5	0·4	0	0	20·6
0·5	0	0	43·0	0·5	0	0	34·4	0·5	0	0	25·8
0·6	0	0	51·6	0·6	0	0	41·3	0·6	0	0	30·9
0·7	0	1	0·2	0·7	0	0	48·1	0·7	0	0	36·1
0·8	0	1	8·8	0·8	0	0	55·0	0·8	0	0	41·3
0·9	0	1	17·4	0·9	0	1	1·9	0·9	0	0	46·4
1	0	1	26·0	1	0	1	8·8	1	0	0	51·6
2	0	2	51·9	2	0	2	17·5	2	0	1	43·1
3	0	4	17·9	3	0	3	26·3	3	0	2	34·7
4	0	5	43·8	4	0	4	35·0	4	0	3	26·3
5	0	7	9·8	5	0	5	43·8	5	0	4	17·9
6	0	8	35·7	6	0	6	52·6	6	0	5	9·4
7	0	10	1·7	7	0	8	1·3	7	0	6	1·0
8	0	11	27·6	8	0	9	10·1	8	0	6	52·6
9	0	12	53·6	9	0	10	18·9	9	0	7	44·1
10	0	14	19·5	10	0	11	27·6	10	0	8	35·7
15	0	21	29·3	15	0	17	11·4	15	0	12	53·6
20	0	28	39·0	20	0	22	55·2	20	0	17	11·4
25	0	35	48·8	25	0	28	39·0	25	0	21	29·3
30	0	42	58·5	30	0	34	22·8	30	0	25	47·1
35	0	50	8·3	35	0	40	6·6	35	0	30	5·0
40	0	57	18·0	40	0	45	50·4	40	0	34	22·8
45	1	4	27·8	45	0	51	34·2	45	0	38	40·7
50	1	11	37·5	50	0	57	18·0	50	0	42	58·5
55	1	18	47·3	55	1	3	1·8	55	0	47	16·4
60	1	25	57·0	60	1	8	45·6	60	0	51	34·2
65	1	33	6·8	65	1	14	29·4	65	0	55	52·1
70	1	40	16·5	70	1	20	13·2	70	1	0	9·9
75	1	47	26·3	75	1	25	57·0	75	1	4	27·8
80	1	54	36·0	80	1	31	40·8	80	1	8	45·6
85	2	1	45·8	85	1	37	24·6	85	1	13	3·5
90	2	8	55·5	90	1	43	8·4	90	1	17	21·3
95	2	16	5·3	95	1	48	52·2	95	1	21	39·2
100	2	23	15·0	100	1	54	36·0	100	1	25	57·0

Wien. Druck von Carl Fromme.